사랑하는 사람아

당신보다 잘난 것이 하나라도 없는 사람이라 대신 살아줄 수도 없겠다. 능력 있는 사람이 아니라 그 어떤 조언도 해줄 수 없겠다. 하지만 나도 애써 살아내었기에

참 애썼다

고 말할 수는 있겠다 생각하였다. 오늘도 어떤 것

그것으로 되었다

정영욱

안다. 아침 해보다 몇 시간은 먼저 떠오르는 걱정 위로 그림자 같은 한숨 몇 호흡 달고는 그것을 떨쳐내느라 그렇게도 바쁘게 뛰어가겠지. 그 작은 몸으로 삶의 무게 몇 근은 소화시켜내느라 오늘 점심에는 씁쓸한 커피를 들이마시겠지. 그리고 또 새벽이 오면 밝아지려는 어떠한 불안감보다 먼저 눈을 감아야만 하겠지. 나는 다 알지는 못하지만 잘 안다. 네가 어떻게 살아왔는지 살아가는지. 하지만 나에게 묻지는 말라. 나도 모른다. 앞으로 어떻게 살아야 하는지, 살아야 되는지.

단지 나와 너의 삶은 슬픔과 불안을 주석처럼 달고 살아간다. 애처롭게도 말이다. 하지만 나는 그것도 그것대로 괜찮지 않은가 생각하였다. 가끔은 눈물이 흘러 서로의 옷소매가 마를 날 없을지라도. 서로의 좁은 어깨에 불편하게 기대고 싶어지더라도.

그러니까, 그래서 그나마 살 만하지 아닐까 생각했다는 것이다. 무조건적인 행복만을 바라기보단 말이다. 혼자이기를 못 견뎌 이토록 서로를 찾아다녔지 않을까. 완벽하지 못하기에 서로가 서로를 알아볼 수 있지 않았을까.

　사랑하는 사람아. 나는 단지 이 말을 하고 싶었다. 버텨내
느라 오늘도 참 애썼다. 살아내느라, 사랑하느라, 그리고 상처
받느라 무던히도 말이다. 그것으로 되었다는 것이다. 나는 참
별것 없는 사람이라서 다른 말을 할 수는 없겠다. 당신보다
잘난 것 하나 없는 사람이라 대신 살아줄 수도 없겠다. 능력
있는 사람이 아니라 어떤 조언 또한 해줄 수 없겠다. 그렇지만
나도 애써 살아 내었기에 참 애썼다고 말할 수는 있겠다 생각
하였다.

　오늘도 어떤 것으로부터 어떤 삶으로부터 어떤 슬픔으로부
터 버텨내기 위해 참 애썼다. 그것이면 된다. 그것으로 되었다.

CONTENTS.

자신을 믿어. 나조차 나를 믿지 못하면 누가
나를 믿어주겠어.

생각대로 되진 않아도 노력대로 되는 사람
이길.

나를 응원합니다. 힘내라는 말보다, 잠시 쉬
어갈 여유가 있기를, 힘들지 않기 보단 언들
가치가 있는 삶을 살기를.

먹구름 가득한 하늘은 비를 쏟아야 맑은 하
늘이 돼요. 그러니 지금 울어도 돼요. 금색
맑아질 거예요. 당신 마음도.

행복이고 뭐고 몰라도 되니까 그냥 아무 감
정 없이 둥둥 떠다니고 싶다. 요즘 내 마음
은 그래.

누군가의 새벽을 그리움으로 물들이게 할만
한 가치가 있는 사람이 되고 싶다. 그냥 사
랑받고 싶다는 말이야.

말해줘요. 아직은 내가 어린애라고, 어른이
되려면 아직 멀었다고.

사랑하느라 참 애썼다
그것으로 되었다   126.

나는 너의 길을 잠시 멈추게 할 예쁜 것이
되고 싶다.

미워도 사랑이면 좋겠다. 사랑이라 미뤄지
는 건 어쩔 수 없더라.

보고 싶다 할 용기도, 서운해할 자격도, 그
렇다고 미안하다고 할 이유도 없는 사이.

나의 사랑은 목차 따위 없는 책을 닮았다.
나의 사랑 그 어디를 펼쳐본다 래도 첫 페이
지는 항상 너였다.

지운다는 것, 어쩌면 당신을 지우려 하다가
도 나를 지우게만 되는 그런 것.

벌써 거기까지 갔구나. 난 아직 여기에 그대
로인데.

애, 왜래 그런 거야. 가시는 빼내면 빼내려
할수록 너를 더 아프게 한단다.

상처받느라 참 애썼다
그것으로 되었다

226.

떠보는 관심에 내 마음 맡기기엔 너무 상처
받았고, 진심없는 마음까지 수용하기엔 마
음에 여유가 없다.

이제야 알았다. 당신은 잘 알았지만 사랑은
잘 몰랐던 것이었구나.

마음아 부디 아무한테나 기대지 말고, 아무
한테나 얹히지 말고, 너무 쉽게 주지 말고,
너무 쉽게 받지도 말고.

슬픈 영화에 조연은 없다. 각자 품은 슬픈
영화의 주인공일 뿐이지.

공허한 마음이 행복으로 가득 차길 발 디딜
틈 없이 웃음꽃 가득하길.

이 도서는 해당 글의 공감을 더욱 끌어내기 위해
화자와 문체가 내용에 따라 바뀝니다.

1.

살아내느라
참 애썼다.

그것으로
되었다.

자신을 믿어.
나조차
나를
믿지 못하면

누가 나를
믿어주겠어.

저 하찮은 돌멩이를 보아라

친구야, 너무 걱정하지 않아도 된다. 아무리 노력해도 진전 없이 머물러있는 것처럼 보인다 하더라도 말이다. 네 인생의 무게가 그토록 무거워서 앞으로 나아가지 못하는 것처럼 보일지라도 말이다. 네가 두려워하는 그 흔들림 말이다. 흔들리고 있다는 것은 곧 나아갈 준비를 한다는 것이니 너무 불안함에 휩싸이지 않아도 된단 말이다.

돌멩이가 그렇다. 작고 가벼운 돌은 작은 물살에도 쉽게 나아가는 것처럼 보이지만, 바닥에 부딪혀 쉽게 닳아버리고 바위틈에 껴버리곤 한다. 무거운 돌은 쉽게 나아가지 못하는 것처럼 보이지만, 거센 물살을 만나 더 멀리멀리 굴러갈 때가 있다. 그 무게를 받아 멀리 나아가는 것이다. 무거운 돌일수록 말이다. 거세게 흔들리는 자신을 기회 삼아 떠나는 것이다. 남들은 두려워 숨는 물살에 힘을 얻어 앞으로 나아가는 것이다. 무거운 짐을 진 삶일수록 말이다.

그러니 너보다 먼저 나아가고 있는 것들을 부러워할 필요 없다. 너는 그 무게를 잃지 말고 그 자리에 떳떳하게 있으면 되는 것이다. 너의 그 무거운 짐까지 멀리멀리 떠밀어 줄 거센 물살이 올 것이니. 언젠가 올 것이니.

보아라. 저 하찮은 돌멩이도 제때를 기다리고 있다. 그러니 너는 불안한 대로, 흔들리는 대로 그 자리에서 때를 기다리면 되는 것이다. 흔들리는 것이 두려워 숨어있지 않으면 되는 것이다. 친구야. 그렇게 너의 때를 기다리면 되는 것이다.

보아라 저기 돌멩이도 제때가 있지 않느냐. 저기 저 꽃도. 저기 저 나비에게도 말이다. 모두에게 시간이 있으니 기필코 때가 있을 것이다. 분명히 너에게도 그, 때가 오는 날이 있을 것이다.

지금도 이렇게 반짝이고 있네요

신호등에 빨간불이 들어오면 멈춰 서야 하고, 파란불이 들어오면 다시 나아가야 합니다. 파란불이 들어왔음에도 주위 사람들이 가만히 서 있다고 해서, 가야 할 길을 앞에 두고 우물쭈물 서 있는 것은 멍청한 행동이지요. 그래요. 앞에 갈 길을 두고도 그런 멍청한 행동을 하는 사람은 없을 것입니다. 우리는 분명 파란불이 횡단보도를 건너도 됨을 확신하기에 갈 길을 마저 가겠죠.

맞습니다. 그 확신 말입니다. 그러니 만일 삶에 있어 선뜻 나아가지 못한다면, 그건 우리가 확신이 부족하기 때문이겠지요. 정작 나의 삶에 있어선 확신이 부족하여 사람들이 멈추면 멈추고, 그들이 흘러가는 흐름대로 살고 있는 건 아닌지 모르겠습니다. 확신 하나 때문에, 살아가면서 당연하게 알고 있었고 행해왔던 일들을 내 삶 안에서는 당연히도 행하지 못하는 것인지 모르겠습니다.

앞에 보이는 저 파란불을 믿으세요. 아니 저것이 파란불이라 생각하고 있는 나에 대한 확신을 가지세요. 주위 사람들이 아닌 나의 마음을 기준점으로 살아가세요. 나아간다는 모든 행동은 두 다리가 아닌, 마음에서 나오는 확신 하나만으로 충분합니다.

지금도 이렇게 반짝이고 있네요. 당신이 바라보는 곳에 저 파란불 말입니다.

마음의 시선을 온전히 내 앞에 두고 올곧게 걸어가세요. 그러다 가끔씩 주위를 살피는 것입니다. 나를 믿고 따라오는 사람이 누군지. 내 앞에서 길을 비추어 주는 사람이 누군지. 혹여나 나의 올곧은 시선이 주위에 피해를 주고 있는 건 아닌지. 딱 그 정도 말입니다.

처음이라 그래요

괜찮아요. 처음이라 그래요.

친구가 처음으로 자취생활을 하게 되었던 날, 친구의 이사를 도와주고 배가 고파서 라면을 끓이는데 처음 써보는 냄비였어요. 이 냄비가 조금 넓적하게 생겨서 그런지 물을 많이 넣어도 물의 높이가 얕게만 보이고 부족하게 느껴지더라고요. 그래서 물을 몇 번 더 붓고 또 부었는데, 라면이 완성되었을 때에는 강물처럼 불어나 있어서 싱겁기만 했죠.

"헤엑. 한강물을 만들어놨네."

친구는 왜 이렇게 싱겁게 끓였냐는 장난스러운 핀잔을 했지만 그래도 국물은 짜지 않아서 좋네. 김치랑 같이 먹으니까 괜찮네. 이렇게 말했어요.

시간이 흘러 친구네 집에 다시 놀러 갔을 때에는 전에 싱겁게 끓여진 라면이 생각나서 물을 좀 부족하다 싶게끔 넣고 끓였어요. 그런데 이번에는 너무 짠 라면이 되어버렸지

뭐예요. 친구는 또 장난스러운 핀잔을 했어요.

"이거 먹고 일찍 죽으라는 거야? 이번엔 소금물을 만들어 놨어."

라면이 너무 짠 거 아니냐고. 너 라면 못 끓이니까 이제부턴 내가 끓이겠다고 말이죠. 그래서 나는 말했어요. 이제 잘 끓일 수 있을 것 같다고. 다음번에 싱겁지도 짜지도 않게 잘 끓일 수 있을 것 같다고. 그리곤 소금물처럼 짠 라면에 물을 부어서 간을 맞춰 먹었어요.

아, 집에 와서는 당신도 나도 같지 않을까 생각했어요. 우리 엄마도 아빠도 할아버지도 다 같지 않았을까. 우린 전부 처음 살아보니까 그렇게 간을 맞추지 못하는 것 아닌가 하는 생각 말이에요. 내가 하고 있는 일, 사랑, 삶 또는 관계. 전부 처음 겪어보니까 부족한 거 아닐까 이런 생각 말이죠.

그래서 물을 많이 넣고 끓인 라면처럼 과도기라는 것도 겪어보고 말이죠. 물을 적게 넣고 끓인 라면처럼 짠 내 나는 슬럼프도 생기게 되는 것이고요. 왜요. 겨우 처음 써본 냄비로 라면을 끓였다는 이유만으로 간을 맞추지 못해서 싱겁게 끓여지기도 하고 짜게 끓여지기도 하는 것처럼요. 그리고 다음번엔 적정선을 잘 맞출 수 있다는 자신이 생기는 것이죠.

　괜찮아요. 모두가 가끔은 물 조절에 실패할 수도 있는 거지요. 왜, 그렇잖아요. 우리 모두 처음 살아보는 인생이잖아요. 전부 처음 경험해보고 처음 겪어보는 것이잖아요. 그러니 조금 실수할 수도 있지요. 조금 버벅일 수도 있지요.

　싱겁게 끓여진 라면에는 김치를 얹어서 먹었더니 맛만 좋더라고요. 짜게 끓여진 라면에는 물을 더 넣어서 먹었더니 간이 맞춰지더라고요. 실수했다고 해서, 넘어졌다고 해서 그 노력들을 전부 헛된 것으로 생각하지 않았으면 해요. 완벽하진 않더라도 그럭저럭 해내었잖아요. 얼마 안 되는 것 같더라도 한걸음 나아갔잖아요.

온전히 나를 위한 힘듦

"가끔 너무 힘겨울 때는 이것을 잊지마렴. 내가 무엇 때문에 힘든지 말이야. 나 때문에 힘든 것인지, 남 때문에 힘든 것인지."

그땐 어머니의 말이 도통 무슨 뜻인지 몰랐습니다.

사람이 모난 부분이 있어야, 울퉁불퉁한 면이 있어야 가치를 느끼며 살아갈 수 있다는 사실을 조금은 뒤늦게 알아버린 탓입니다.

"무조건 나를 위해 사는 것은 타인에게 좋지 못한 사람이 된단다. 하지만 또 무조건 남을 위해 사는 것은 나에게 좋지 못한 사람이 되는 거고. 둘 다 좋지 못한 사람이라면, 어떻게 살아보고 싶니?"

때론 나를 생각해서 이기적인 사람이 되어 보기도 해야 하고, 나를 위해서 누군가에게 미움받을 구석도 있어야 하며, 또 내가 먼저라서 다른 것들에 무심한 사람이 되어 보기도 해야 한다는 것을 말이죠.

이런 생각이 드는 것을 보면, 나와 당신은 지금 힘들고 벅찬 사람이지만 또 조금 이기적인 사람이 되어 보려는 것 같습니다. 그와 동시에 나를 잃어버린 사람이며 또 되찾고 싶은 사람인가 봅니다.

어쩌면 그동안의 삶이 조금 지쳤던 이유입니다. 나를 위해 힘든 것이라면 빛을 바라보며 견디겠지만, 남을 위해 힘겨운 삶을 자주 접하다 보니 이젠 말 그대로 지칠 때가 종종 있습니다. 그것이 죽을 만큼 힘들다는 뜻은 아닙니다. 다만, 이대로 살아갈 용기는 선뜻 나지 않습니다. 스스로를 타인의 기준에 맞춰 바꾸는 노력들. 나의 모난 부분을 자꾸 사포질해서 매끈하게 만드는 과정에 팔이 저려오고, 힘줄이 끊겨 꽉 쥐었던 것을 놓치는 때가 오는 것 같습니다.

어느 날은 거울을 바라보며 나를 치장하기도 합니다. 그럴 때 문득 어머니의 말이 생각납니다. 저 거울의 단면은 모난 부분도 울퉁불퉁한 부분도 하나 없이 매끈해서 결국은 빛을 반사 시키는구나. 자신의 색 하나 없이, 단지 타인의 모습만을 반사시키는 것이구나 하고.

어쩌면 정말 그랬습니다. 사람이 모난 부분도 있고, 울퉁불퉁한 면도 있어야 자신만의 색을 가질 수 있겠구나 싶었습니다. 타인에게 맞춰 나를 매끈하게 다듬다 보면 결국 타인을 비춰주는 역할이나 하다 끝날 거라는 생각이 듭니다.

그러니 가끔씩은 나를 가장 생각해줘야 합니다. 무조건

타인에게 나빠지자는 것은 아닙니다. 조금 더 나를 위해 힘쓰고, 조금 더 나에게 좋은 사람이 되고. 조금은 울퉁불퉁하지만, 그렇다고 너무 거칠지는 않게. 약간은 모난 부분도 있지만, 그렇다고 남을 다치게 하지 않을 정도로.

뭐든 적당히가 힘든 법이지만, 그래도 우리는 그런 삶을 지향해야 합니다. 내가 나를 잃어가지 않도록. 또 타인만을 비추며 살아가지 않도록. 그래야 힘들어도 버틸 명분이 생기고, 나아갈 이유가 존재합니다. 그래야 후회가 적고 편히 누워 자는 날이 많아집니다. 비록 힘든 건 똑같더라도 말이죠.

힘들 때 누굴 위한 힘듦인가 생각하라는 것은 그런 말이었습니다. 똑같이 힘들지만, 나를 위해 힘들다면 궁지에 몰려도 나아갈 용기가 생긴다는 것이지요. 버틸 수 있는 오기가 생긴다는 것이지요. 나를 위해 힘들던 타인을 위해 힘들던 똑같이 힘들 것이라면, 어떨 때에는 온전히 나를 위해서만 힘들어 보기도 하자는 것이지요.

가끔 너무 힘겨울 때는 이것을 잊지마렴. 내가 무엇 때문에 힘든지 말이야. 나 때문에 힘든 것인지, 남 때문에 힘든 것인지.

생각대로
되진 않아도

노력대로
되는
사람이길.

잘하고 있다

잘하고 있다. 말해주는 이 없어 당신은 모르겠지만, 분명히 잘하고 있다. 그것이 완벽하지 않더라도 혹은 뚜렷이 보이는 결과물이 없을지라도 말이다.

잘하지 못한다고 생각했던 일들은, 주위에서 들려오는 잘하고 있다는 말의 부재로 인해 나온 생각이니. 그러니 이제부터 당신은 잘할 것이다. 그것이 무척이나 불안해서 외나무다리를 홀로 걸어가는 기분일지라도 혹은 발을 헛디뎌 넘어진 것처럼 보일지라도.

살아가며 불안하지 않은 사람 하나 없고, 넘어지지 않는 사람 하나 없으니. 당신은 중심을 잡는 연습을 하고 있는 것이니. 그리고 또 넘어지고 일어나는 연습을 하고 있는 것이니.

엄마의 뱃속에서 나온 아이는 얼마 되기도 전에 나아가는 법을 스스로 익힌다. 걸음마를 함으로써 넘어지고 일어나는 연습부터 하는 것이다. 사람이 하는 일은 태어나고부터 넘어지고 일어나는 연습을 수도 없이 반복하는 것이니,

그 과정에서 언젠가는 누군가의 도움 없이 두 다리로 당당하게 걷는 것이니. 그러니까 또 당신은 잘하고 있다.

우리가 돌부리에 넘어져도 일어나는 법을 알기에 흙먼지 툭툭 털고 다시 일어나듯이, 당신이 어딘가에 넘어져 마음이 까지더라도 괜찮다. 수도 없이 연습을 해왔던 당신이기에 당연히도 흙먼지 툭툭 털고 일어날 것이다. 그러니 또 잘하고 있다.

군이 무언가 보여주려 하지 않아도 된다. 잘하고 있다는 말은 곧, 잘 되어가고 있다는 말이니. 당신은 잘 나아갈 것이고 잘 도착할 것이니. 다짐을 했다면 애써 의심하지 않아도 된다. 믿고 나아가면 지금의 말처럼 잘하고 있다는 말이 들려올 것이다. 혹여나 말해주는 이가 없더라도 마음으로 나에게 말해주는 것이다. 잘했고, 잘하고 있고, 잘 될 것이다.

잘하고 있다. 넘어지는 것이 실패를 뜻하는 것은 아니기 때문에. 또 잘하고 있다. 다시 일어나는 연습을 하고 있는 것이니. 잘했고, 잘하고 있고, 잘 될 것이다.

애썼다

참 많이 애썼다. 괜찮은 척하느라 애썼고, 버텨내
느라 애썼다. 어떤 때에는 밖으로 나오려는 화를 억지로 쑤
셔 넣었던 목구멍에게, 참 애썼다. 어른이 되기 위해서 혼자
끙끙 앓아버린 시간에게, 애썼다. 힘들지 않은 일도 억지로
하면 힘들기만 한데, 억지로 힘내온 당신의 마음에게 참 애
썼다. 또, 힘내라는 말을 억지로 이해시켜버린 머리에게 참
애썼다.

그러니 그렇게 치열하게 애쓴 당신에게 하고 싶은 말이
하나 있다. 오늘은 더 이상 그만 애썼으면 싶다. 애써 자책
하지 말고 애써 헛되게 생각하지도 말고. 애써 아쉬워하지
말고. 애써 뒤돌아보지도 말고. 오늘 하루도 그렇게나 애썼
으니 말이다.

마지막으로 애써 자신에게 말을 건네면 좋겠다. 난 오늘
참 잘했다고. 실수하지 않아서가 아니라 포기하지 않아서,
뒤처지지 않아서가 아니라 멈춰 서지 않아서. 참 잘했다고
말이다. 애써 이야기했으면 좋겠다.

살아내었다

진부한 하루였다. 알람 소리에 깨어나 밥을 욱여넣었고 좁은 방을 청소했다. 핸드폰만 만지작거리는 내가 꼴뵈기 싫어서 무거운 몸을 이끌고 무작정 밖으로 향했다. 느린 음악을 들으며 끄윽끄윽 속으로 앓기도 했고, 또 빠른 음악을 들으며 괜찮아지기도 하면서 걸음을 옮겼다. 카페에서 시간을 보내다 어느샌가 해가 지고, 밤이 되면 나는 또 이불 속에 숨어 버려야지 생각했다.

진부한 이야기에 나오는 뻔한 슬픔과 지속되는 감정의 요동. 지칠 대로 지쳐버린 몸과 마음보다 두려운 건 주변인들의 싫증이었기에 언제부턴가 밝은 목소리로 전화를 받아야만 했다. 지레 겁먹고 끙끙 앓아버리는 것은 내가 잘하는 유일한 일. 일어나지 않을 걱정에 덜컥 두려워서 매번 방문을 잠가놓았다. 떠나간 것들에 대해 가볍지 못해서 늘 무겁게만 대하였던 관계들과 누구에게도 결코 무겁지 못한 것만 같은 나의 존재.

어느 날은 유난히 슬픈 날이 있었다. 나의 마음은 떠나간 것에 대해 무척이나 아쉬워하고 있지만 더 이상 아쉬워한다 해도 그것이 돌아오지 않는단 걸 알게 되었을 때. 모래시계를 거꾸로 돌려놓는다 해도 지나간 시간이 돌아오지 않는 것처럼 시간을 되돌린다고 해도 다시 돌아오지 않을 그런 아쉽기만 한 것들이 내 마음을 통째로 집어삼킨 날이 있었다.

또 어느 날은 세상이 두렵게만 느껴지는 탓에 불을 끄고 침대 구석에 쪼그려앉아 손톱을 물어뜯었다. 방에서 나오지 않는 나를 보고 방에 들어온 아버지는 한참 동안 침대 구석을 바라보셨다.

"애야 불안하지. 아빠는 아직도 불안해. 언제까지고 불안하다 보니 여기까지 왔네."

늘 그래왔듯 그도 잘 모르기에 답을 가르쳐주지 못하고 뒤돌아선 것이다. 나의 삶이기에 나 스스로 답을 찾아 헤쳐나가야 했던 것이다. 그래서 또다시 나는 불을 켜야만 했다. 눈빛은 여전히 흔들림에도 불구하고 침대 구석에서 벗어나 허리를 꼿꼿하게 펴고 책상에 앉아야만 했다.

그러니까, 그 어느 날의 슬픔과 불안함은 진부하게도 반복되어왔다는 것이다. 삶이 나를 잡아주지 못함에 나는 늘 흔들렸고, 사람이 곁에 머물지 못함에 나는 늘 허공에 손을 저어내고 있던 것이다. 누구도 나에게 잘 될 것이라고 이야기해주지 않을 것이다. 그 누구도 나의 불안함을 떨쳐주지 못할 것이다. 그래서 슬픔과 불안함은 진부하게도 늘 나의 삶에 있을 것이다. 하지만 어땠는가. 나는 오늘과 같이 진부하게도 살아낼 것이다.

늘 슬펐고 늘 흔들렸고 늘 누군가를 보내야만 했으나 그래도 나는 이 진부한 우울에 대하여 그럭저럭 살아내었다 생각하였다. 그래서 말할 것이다. 하루를 살아내었다. 무척이나 흔들렸고 울었고 떠나보냈지만 결국은 내가 살아내었다. 누구도 대신 살아주지 않는 이것을 내가 오늘도 해내었고 무던히도 해내오고 있었다.

그러니 당신도 살아내어라. 우울에. 지속적인 불안감에. 언제까지고 있을 슬픔에. 늘 그랬듯 앞으로도 그렇게 기필코 살아내어라.

오늘도 이 하루를 살아내었다. 내일도 살아내리라.

저마다의 역할이 있다

그 어디에도 좋은 눈은 없다. 그 위치에 맞는 눈이 있을 뿐이다. 어떤 날에는 눈에게 있어 쉽게 흩어지는 것이 일찍이도 새벽을 밝히는 이들을 위하여 할 수 있는 일이다. 또 어떤 날에는 수북하게 쌓이는 것이 아름다운 순간을 기억하고 싶은 연인을 위해 할 수 있는 일이다. 어떤 순간에는 잘 뭉치는 눈만이 할 수 있는 일이 있고, 반대로 잘 녹는 눈만이 할 수 있는 일이 있다.

이렇게 각자 위치에 맞는 눈이 있는 것처럼, 우리 또한 그렇다. 어디에서 잘하지 못해서 또는 어디에서 잘했다고 해서 기죽을 필요 없고, 자랑할 필요도 없는 것이다. 다 때에 맞게 도움이 되고 불필요함도 될 수 있을 뿐이니. 그 언제의 때가 당신을 어딘가에 맞는 좋은 사람으로 만들 것이니. 그러니 모든 노력이 저기 저 얇게 쌓인 눈처럼 쉽게 흩어질 것만 같다고 해서 깊게 아쉬워할 필요 없고, 또 수북이 쌓여간다 해서 쉽게 자만할 필요가 없는 것이다.

또 굳이 무언가 해야겠다고 조바심을 낼 필요도 없다. 할 일 없이 녹아내리는 것도 눈이 봄을 위하여 해야 할 일이다.

그러니 이제부턴 내가 아무것에도 쓸모없는 사람인 것만 같아서, 후회하고 스스로를 질책했던 많은 순간에 쓸모없다고 말하지 않았으면 한다. 따뜻해질 날들을 위하여, 그 아픈 시간이 꼭 필요한 일임을 알고 슬픔을 뒤로 한 채 녹아내리는 것이니. 눈이 따뜻한 봄을 위해 스스로 녹아내리는 것처럼 말이다.

밤이 되어서 눈을 감을 수 있고 아침이 되어서 하루를 시작할 수 있는 것처럼, 언제는 때가 되어 물러나는 것이 태양에게 있어 수많은 피곤을 위하여 해야 할 일이자, 힘차게 솟아오르는 것 또한 수많은 꽃을 위하여 해야 할 일인 것이다. 그러니 속상한 일이 있어서, 힘든 일이 있어서 마음이 무거울 때에는 내려놓아도 괜찮다. 지는 것도 솟아오르기 위한 하나의 과정에 불과하다.

긴 새벽 동안 당신의 반대편에는 빛이 환하게 들테니, 그 힘으로 인하여 다시 피어나는 것 또한 결국 당신이 잘 해내야 할 일이다.

또 언제는 깨끗하게 사라지는 것이 맑은 하늘을 위하여 구름이 해야 하는 일이고. 언젠가 비가 되어 주룩주룩 흘러내리는 것 또한 수많은 생을 위하여 구름이 해야 할 일이다. 그러니 오늘 울어도 괜찮다. 맑게 개어진 당신의 표정도, 그늘 가득한 눈가에서 흘러내리는 눈물도 당신의 마음이 썩어나지 않도록 필요한 일임을 알고 유하게 흘러가면 된다. 그럼에도 나에게는 그늘만이 있을 것 같이 느껴지는 그런 어두운 날에는 이 사실을 잊지 않는 것이다. 모든 맑은 날은 하늘이 깨질 듯 울고 난 후에야 태어날 수 있다는 것. 당신이 태어난 그 기적처럼 말이다.

어떤 날에. 눈도 태양도 구름도 저마다의 위치에 맞는 역할이 있듯. 녹아내리는 마음도 지는 삶도 또 주룩주룩 흘러내리는 눈물도 그 어떤 날. 저마다에게 맞는 역할일 것이라 생각하였다.

나를
응원합니다.
힘내라는
말보단,
잠시 쉬어갈
여유가
있기를.

힘들지
않기보단
힘들
가치가
있는
삶을 살기를.

변질되지 않는 바램

어렸을 때엔 어른이 되면 어떨까 싶다가도, 돈이 궁할 땐 부자가 되면 어떨까 싶다가도, 외로울 때엔 연애를 하면 어떨까 싶다가도 막상 그렇게 되어버리면 딱히 별것 없는 게 삶이다. 나는 딱히 변하지 않았고, 바뀌어 버린 상황엔 금방 적응하기 때문에. 어른에, 부에, 인연에 금방 적응하기 때문에 얼마 지나지 않아 큰 변화를 느낄 수 없게 되어버리는 것이다.

타인의 눈에 나는 어른처럼 보이겠지만, 스스로가 생각하는 나는 아직도 고등학교를 다니던 덜 자랐던 나와 같고, 부유해진다고 해도 씀씀이가 좀 더 생긴 나와 같고, 연애를 한다고 해도 조금 덜 외로운 나와 같을 뿐이다. 상황의 변화는 아주 금방이고 일상이 되어버린다. 단지 책임이 더 있다, 가지고 싶은 걸 가진다, 틈틈이 즐겁다. 따위의 당연히 알고 있던, 그리고 언젠가 느꼈던 감정의 빈도가 잦게 내 주위를 맴돌 뿐이다.

그러면서 더 원하고 충족하려 할 것이다. 변화한 환경에

적응한 나는, 적응한 환경을 바꾸려고 노력할 것이다. 이제 더 어른 같은 삶을 향해 불필요하게 나를 치켜세울 것이고, 이제 더 풍요로워지기 위해 가지고 싶은 것만 늘어나게 될 것이다. 이제 더 많은 사랑을 맛보기 위해 잦고 가벼운 연애를 반복할 것이다.

그러니까, 어른이 되고 싶다, 부자가 되고 싶다, 또는 연애하고 싶다 따위의 바램은 사실 충족되지 않는 바램일 것이다. 곧, 부질없는 것일 수도 있다. 이미 당신이 누리고 있고, 누려왔던 삶일 가능성이 크기 때문이다. 그 빈도가 조금 낮았을 뿐이지.

우리, 그런 것보단 조금 더 가치 있고 변질되지 않는 바램을 생각하는 게 옳을 수 있다. 쉽게 적응할 수 없고, 더 바랄 수도 없을 거 같은. 하지만 당장 이루기 위해 실행할 수 있고, 자신을 가치 있게 바꾸고 싶은 일을 생각하자.

가령, 어른이 되고 싶다를 예로 든다면, 강자보다 약자를 더 존중하는 사람이 되어보기. 풍요로워지고 싶다를 예로 든다면 보세 옷을 입고도, 명품 같다는 소리를 들어보기. 연애하고 싶다를 예로 든다면, 맛있는 것을 먹을 때 같이 먹고 싶은 사람 만들어보기.

그런다면 나이가 아닌 마음으로 어른이 되고. 물질이 아닌 마음으로 부자가 될 것이다. 또 사랑을 하기 위해 만나는 것이 아닌, 만남을 가지다 보니 사랑이 올 것이다.

조금 더 변질되지 않는 바램을 가져보자. 그리고 그것을 이루기 위한 작은 목표를 세워보자. 내 주위의 환경을 변화시키기보단, 나 자신을 그런 바램에 걸맞은 사람으로 만들어보자.

아주 자연스럽게, 그러나 확연히 변화된 것 같은 나를 볼 수 있을 것이다. 변질되지 않는 가치를 마주 볼 수 있을 것이다.

포기하는 용기

　　무너지는 것에도 마땅한 용기가 필요합니다. 앞으로 달리는 것과 같이 뒤를 향해 달리는 것 또한 힘이 드는 것은 마찬가지입니다. 건물을 짓는 것은 무척이나 수고스러운 일이지만 그것을 무너뜨리는 것도 그에 못지않게 수고스러운 일입니다.

　아니, 어쩌면 무너진다는 것은 일어서는 것보다 무겁게만 느껴질 때가 많습니다. 도저히 무너질 힘이 없어서, 그래서 우리는 다시 일어난 적이 빈번합니다. 나에 대하여 배신하는 것 같아서, 나의 노력에게 배신하는 것만 같아서. 내가 이것밖에 안 되는 것만 같아서, 이걸 놓으면 내가 다시는 일어서지 못할까 두려워서. 어떤 날에는 나 자신의 문제보다도 주변의 반응이 무겁게만 느껴지기도 했습니다. 삿대질을 받을까 봐. 나에 대해 수군거리는 소음이 무서워서. 또는 나를 믿어주는 사람들을 배신하는 것만 같아서. 그리곤 영영 나를 믿어주지 않을 것만 같아서. 그렇게 저절로 혼자가 될 것만 같아서.

　그래서 우리 모두는 무너뜨릴 힘이 나지 않습니다. 용기가 나지 않습니다. 억지로 이겨야 하는 방법만 배워왔고 그렇게 살아왔기 때문에. 세우는 방법에 대해서만 익혔고, 앞을 바라보는 것만 정답으로 여겨왔기 때문에. 그래서 그와 반대되는 것은 잘못된 것이라 인식되어있기 때문에. 그 때문에 우리는 무너지기라도 한다면, 뒤를 향하기라도 한다면 남에게 숨길 생각부터 합니다.

나는 그래왔고 그래야 했던 나 자신에게, 당신에게 말하고 싶습니다. 그것은 잘못된 것이 아니라고. 이제부터 숨기지 않아도 된다고.

나는 당신에게 박수를 보낼 것입니다. 어제오늘 그리고 일 년 전 혹은 일 년 후 그 어느 때라도 무너졌던 당신에게, 무너진 당신에게, 무너질 당신에게. 무너지고 있는 모든 것에게 삿대질이 아닌 박수를 보낼 것입니다. 참으로 용기를 내었다고. 얼마큼 힘이 들었느냐고. 또 잘한 것이라고. 그것보다 힘든 일이 어디 있느냐고.

그리곤 생각합니다. 당신이 돌아가는 그 길에는 앞만 보고 달리느라 놓쳐버렸던 아름다운 풍경이 있기를 바랄 뿐입니다. 당신을 다른 어딘가로 도착하게 만들 샛길이 있길 바랍니다. 또 그 샛길에서 또 꾸준히 달리기를 바랍니다. 당신이 무너뜨린 그 건물 위로 더 높은 건물이 세워지기를 바랍니다. 더 높지 않더라도 괜찮습니다. 당신이 꿈에 그렸던 아름다운 어떤 것이 지어지기를 바랍니다. 모든 것이 무너진다고 해도 당신 하나만 무너지지 않는다면 다른 곳에 도착할 수 있고 다시 만들 수 있습니다. 그러니 나는 정작 자신에게만큼은 무너지지 않을 당신에게 박수를 보냅니다. 무언가를 하지 못한 당신의 용기에, 무언가를 포기해버린 당신의 결정에 박수를 보냅니다.

그 언젠가 참 어려운 결정을 한 당신에게 박수를 보냅니다.

참 잘했어요

초등학생 때에 나의 담임선생님은 내가 쓴 일기장 모든 페이지마다 '참 잘했어요' 도장을 찍어주었다. 컴퓨터를 너무 오래 해서 엄마한테 혼났다는 이야기에도 참 잘했다는 도장이 찍혀있었고 그 밑에는 언제나 짧은 몇 마디가 적혀있었다. 예로 들면 "컴퓨터 많이 하면 눈이 나빠져요.", "편식을 하면 키가 안 커요." 같은 자잘한 이야기들 말이다.

하지만 애석하게도 초등학교를 졸업하고 중학생이 되고 고등학생이 되는 과정에서, '참 잘했어요'라는 도장은 점점 사라졌다. 대신에 '그렇게 하면 안 돼'라는 도장이 온몸에 찍혔다. 나는 어린 마음에 생각하였다. 지금도 하지 말아야 할 일들이 무척이나 수두룩한데, 어른이 되면 정말이지 하지 못하는 일이 참 많아질 것만 같다고.

예로 들면 우리 아빠는 일을 하시느라 낮잠을 자지 못할 것이고, 휴일에는 가족과 함께 시간을 보내야 하기에 할아버지를 뵈러 가지 못하는 일이 수두룩할 것이라는. 우리 엄마는 밥을 하느라 엄마 친구들과 수다를 떨지 못할 것이라는. 또, 옆집 아저씨는 매일마다 가게 문을 여느라 주말에도 낚시를 가지 못할 것이라는. 그런 막연한 상상을 했던 적이 있다.

학생이었던 긴 시간을 지나 어른이 되었을 때엔 어린 시절의 내가 상상했던 것과 같이, 하지 못하는 일들이 다분했다. 무엇을 하면 철이 없다는 문장이 늘 꼬리표처럼 따라왔고 무엇을 열심히 해도 그것이 최선이냐는 말만이 그림자처럼 내 밑에 깔려있었다. 나는 여전하게도 열일곱 살의, 스무 살의 나와 전혀 변한 것이 없는데 내 주위의 세상만이 그토록 무르익어 버린 것이다.

책장을 정리하다 우연히 발견한 초등학교때 썼던 일기장에는 그런 현실들과는 다르게 칭찬이 가득하니까 내가 이렇게 잘해 왔었나 싶기도 하고 무척이나 어색하게만 느껴지는 것이었다. '참 잘했어요'라는 문장 말이다.

몇 글자 쓰기가 귀찮아서 정확히 알아보기도 힘든 성의 없고 괴상한 그림으로 일기를 대신했던 적이 있는데, 그런 날에도 나의 일기장에는 "그림에 소질이 있어 보여요!"라는 이야기와 함께 '참 잘했어요' 도장이 찍혀있었다. 어느 날에는 내가 잘못한 일로 선생님에게 혼이 났던 이야기를 썼음에도 "선생님도 미안해요."라는 말과 함께 '참 잘했어요' 도장이 찍혀있던 것이다.

그래서 이름과 얼굴이 기억나지 않는 선생님에게 묻고 싶다. 선생님 그때 나 정말 잘한 거 맞아요? 정말로 잘해서 그렇게 참 잘했다는 도장을 찍어 줬느냐고. 물론 선생님은 답이 없다. 그래도 물어보고 싶다. 나 정말 잘한 것 맞느냐고 말이다.

그에 대한 답 대신 삐뚤빼뚤한 글씨로라도 하루 거르지 않고 끄적인 나의 일기장이 눈에 들어왔다. 선생님은 정말로 내가 일기를 잘 썼기에 참 잘했다는 말을 한 것이 아니라, 맞춤법이 군데군데 틀린 삐뚤빼뚤한 글씨로 일기를 썼음에 참 애썼다는 말을 하고 싶었던 것 아닐까 했다. 애야 참 애썼다. 아직 힘도 잘 들어가지 않는 그 작은 손으로 오늘 하루를 적어내느라 애썼다. 혼났던 일들을 되돌아보며 하루를 적어내느라 애썼다. 그리고 또 학교에 아침 일찍 가기 위해 일어나느라 참 애썼다. 그러기에 애야 참 잘했구나.

이젠 더 이상 나에게 참 잘했다는 도장을 찍어줄 선생님은 없지만, 하루를 참 잘했노라고 잘 버텨냈노라고 도장을 찍어줘야겠다. 애야 참 애썼다. 내가 오늘 하루에 실수를 하지 않은 것은 아니지만, 그 누구보다 무엇을 잘하지는 못했지만 그럼에도 참 잘했다. 그 작은 몸으로 하루를 버텨내느라 참 애썼고, 잘못했던 일들을 되돌아보며 한숨 쉬느라 애썼다. 그리고 또 훌훌 털어내며 오지 않는 새벽 눈 감아내느라 애썼다. 무던히도 애썼구나.

맞다, 오늘은 나에게 도장을 찍어줘야겠다. 그래서 참 잘했구나. 참 잘했구나. 그러니까 내일도 살아가자꾸나. 이렇게 말이다.

삐뚤빼뚤하더라도 괜찮다. 누군가는 완벽하지 못하다 해서 '다시 해오세요.'라거나 '그렇게 하면 안 돼요.' 도장을 찍어주더라도 괜찮다. 나만큼은 오늘 도장을 찍어 주는 것이다. '참 잘했어요.' 이렇게.

나의 슬픔을 희석하지 말 것

  살면서 나를 괴롭히는 것은 그 어떤 것보다도 나 자신일 때가 무던히도 많았다. 내가 겪는 힘듦이 별것 아닐 것이라는 위안을 스스로에게 건네면서, 그렇게 위한답시고 스스로에게 무르지 못했기 때문에. 어떤 슬픔도 아픔도 외로움도 힘듦도 누구나 겪어왔고, 누구나 아픈 것 같아서. 그래서 나 혼자 유난 떠는 것은 아닐까 해서. 괜찮다고, 누구나 그래왔듯이 나 또한 이겨내야 한다고. 금방이고 일어나야 한다고. 이까짓 것 가지고 울면 안 된다고. 스스로를 위안하고자 위안에서 멀어지는 꼴이었다.

  우리의 마음 하나하나에 농도 같은 것이 있다고 해도 누구의 슬픔이 더 짙다거나, 누구의 아픔보다 되다거나 그런 것은 전부 소용없는 것이란 걸 뒤늦게 알게 되었다. 정확히는 뒤늦게 마음 깊이 이해했다. 애초에 그 마음을 소화시킬 수 있는 구조 자체가 각기 다르다는 사실.

  그동안 내가 느낀 슬픔이 나에겐 너무 돼서 함부로 소화시킬 수 없었지만 다른 누군가는 나보다 더 된 슬픔을 소화하는 것만 같아서, 그렇게 나에게 위안을 주는 척 나도 소화시킬 수 있을 거라고 한움큼 더 쥐어서 꾸역꾸역 욱여넣었던 것이다.

이제야 알았다. 그런 것들, 위안이 아니라 미련이라는 것. 내가 받아들일 수 있는 마음이 있고, 또 받아들이기에는 너무 짙어서 조금씩 삼켜 먹어야 무리 없이 소화할 수 있는 마음이 있다는 것. 나는 그동안 나의 슬픔을 감히 어떤 것과 비교해서 희석하려고 했을까. 참으로 미련하고 또 무례한 행동이었다는 것. 나에게도, 비교당한 그 누구의 마음에게도 말이다.

잊어버리지 않겠다 나는 다짐했다. 나의 슬픔을 대중화하여 희석하지 말 것. 나를 괴롭게 만들었던 것은 나 자신일 때가 많았다는 것도 함께 말이다.

나의 슬픔을 대중화하여 희석하지 말것.

져도 괜찮다

우산을 펼치듯 손에 조금만 힘을 쥐면 꿈을 잡을 수 있을 것만 같아서 놓지 못한 수많은 힘줄에게. 늘 그래왔고 그래야 했고 그럴 수밖에 없어서 힘겹게 퍼덕이던 당신의 날갯짓에. 스스로에게 힘을 내야 한다고 다짐해왔던 수많은 입술에. 힘들게 달려야 했고, 힘들게 울어야 했고, 힘들게 어른이 되려고만 했던 모든 시간에. 또 그러니까 그렇게 살아야만 했던 삶에게. 그 삶을 이겨내지 못해 잠 못 이루었던 수많은 밤에게. 오늘은 져도 괜찮다 말하고 싶다.

힘을 주지 않아도 괜찮다. 높이 날아가려고 허덕이지 않아도 괜찮다. 하지 못한다고 말하는 것도 그것대로 괜찮다. 때로는 뛰지 않고 걸어도 되고, 쉽게 쉽게 울어도 된다. 또 그래도 괜찮다고 말해서 굳이 괜찮아 보이려고 노력하지 않아도 된다. 다만 혹여 그 삶을 이겨내지 못한 밤일지라도 오늘만큼은 쉽게 잠들었으면 한다는 것이다.

언제는 져도 괜찮으니. 어떤 날에는 세상으로부터 그 어떤 것들로부터 지는 것이 나에게 이기는 것이니.

 그것이 가끔은 내가 놓지 못해 끙끙 앓고 있는 것으로부터 이기는 것임을 알고, 오늘만큼은 충분히 세상으로부터 져도 괜찮다. 또 나로부터 이겨도 괜찮다.

어떤 날에는 세상으로부터 지는 것이 나로부터 이기는 것임을.

먹구름
가득한
하늘은
비를 쏟아야
맑은 하늘이
돼요.

그러니 지금
울어도
돼요.
금세 맑아질
거예요.
당신
마음도.

다 될 것이다

　오늘은 얼마나 힘이 들었냐고, 또 얼마나 많은 바람이 당신을 흔들어 놓았느냐고. 그래서 넘어질 뻔했던 적이 또 얼마나 있었느냐고. 어떤 때에는 넘어져서 울음을 터뜨릴뻔한 일들이 얼마나 있었느냐고 물어봐 주는 사람이 있다면 당신은 그것으로 되었다.

　또 오늘은 어떤 사람 때문에, 어떤 말들 때문에, 어떤 손가락질 때문에, 어떤 이기심과 질투 때문에 힘들었다면 그래도 또 당신은 그것으로 되었다.

　그 어떤 것으로부터 울음을 참지 않아도 된다. 또 그렇다고 당신이 굳이 힘을 낼 필요도 없다. 그것이 당신을 울릴만한 또는 당신을 힘들게 할 만한 가치가 있는 일임을 알게 되었다면 당신은 또 그것으로 되었다.

　또 당신이 무척이나 행복한 순간임에도 불구하고 이 순간이 부서지진 않을까 막연하게도 두려워질 때에는 그것을 굳이 쥐고 있지 않아도 된다. 그 순간만큼은 행복했다는 사실 하나만으로, 당신은 또 충분히 되었다.

또 어느 날은 자고 일어난 침대 위에서 울음을 터뜨릴 것만 같은 날이 있을 것이고, 불안함의 이불을 떨치지 못해 발버둥 치는 날이 있을 것이다. 그래도 괜찮다. 불안하다는 것은 그만큼 소중한 것을 품고 나아간다는 것임을 알고 받아들여라. 그렇다면 또 당신은 그것으로 되었다.

이 모든 것들을 주식으로 삼아 그대로 나아가면 된다. 그 어떤 행복을 주는 것들을 위해서 또는 그 어떤 힘듦을 주는 것들에 의해서, 당신은 나아가면 된다. 그것을 목표로 혹은 그것들을 연료로.

또 그러니 눈물을 조금은 편하게 받아들이면 된다. 또 행복을 부서질 만큼 꽉 쥐고 있지 않아도 된다. 무척이나 당연하게 흘러갈 것이다. 그리고 당신은 무척이나 당연하게 나아갈 것이다. 종착역이 없는 그러한 무수한 감정들에 대하여, 언제나 그랬듯 앞으로도 그렇게. 다 될 것이다.

행복을 주는 것들을 목표로 또는 힘듦을 주는 것들을 연료로 그렇게 나아가면 된다.

좋은 사람의 기준

　- 나는 또 누군가에게 좋은 사람으로 남지 못했어.

언제는 좋은 사람이 되지 못했다는 생각에 아쉬움을 떨치지 못했고 주위에 사람들은 그런 나를 비난하는 것만 같아 주저앉아 우는 날이 있었다. 맞아. 나는 언제까지고 누군가에게 좋은 사람으로 남기 위해 무던히도 노력해왔다. 누군가에게 좋은 사람으로. 누군가에게 좋은 연인으로. 좋은 학생으로, 좋은 선배로. 좋은 딸로.

그런 욕심 가득한 나를 못 이겨 자신을 미워하기도 했으며 틀어진 관계에 대하여 결국은 나를 탓하던 때가 많았다. 언제까지고 좋은 어떠한 것으로 남기 위해서 나 자신을 좋지 못한 사람으로 몰아세운 격이었다. 그러니 매번 주변 사람의 눈치를 보게 되었고 혹여나 나를 나쁘게 생각하면 어떨까 하는 걱정스러운 마음에 나의 행동 하나하나 모든 것이 조심스러워진 것이다.

　- 아빠는 좋은 아빠가 되기 위해서 위치에 맞게 최선을 다한단다. 자신의 위치에서 최선을 다하는 것이 좋은 사람이

아닐까 싶어서.

학생의 위치에서. 부모의 위치에서. 배우자의 위치에서 그 위치에 맞게 최선을 다하는 것. 가령 나는 학교에선 학생이라는 위치에 있는 것이고, 쉬는 시간에는 또래 아이들과의 철없는 위치에 있는 것이다. 또 집에 들어가면 자식이라는 위치에 있는 것이다. 우리 아빠도 그렇다. 직장에서의 위치 또 직장에서 상사의 위치 후배의 위치. 우리 엄마에겐 배우자로서의 위치. 나에게 있어선 아빠로서의 위치.

내가 우리 아빠의 일거수일투족을 다 알지는 못하지만, 우리 아빠는 참 좋은 사람이라고 생각하였던 이유가 바로 그것이었다. 어디에서 아빠가 어떤 사람으로 남을지는 모르는 일이지만 나와의 시간에서, 위치에서 아빠는 늘 최선을 다했기 때문이다.

내가 초등학교에 다닐 때엔 학교에서 학예회를 할 때마다 아빠는 저 멀리 책상에 앉아 나를 향해 손뼉을 치고 있었다. 고등학교 삼 학년, 수능 날 아침에는 나보다 더 먼저 일어나 나를 깨워주곤 수능장으로 데려다주면서 응원을 해줬기 때문에. 어린 시절 놀이공원에 가고 싶다고 졸랐을 때에도 휴일을 반납하고 나와 함께 솜사탕을 먹으러 가주었기 때문에. 또 나이가 들어서는 나의 인생에 많은 조언을 아끼지 않기 때문에. 내가 울고 싶을 때는 그 넓은 품으로 안아주었기 때문에. 그렇게 아빠는 늘 아빠의 위치에서 최선을

보여주었기 때문에, 그렇기 때문에 아빠는 나에게 좋은 사

람으로 남았던 것이었다.

맞다. 그 누구도 모두에게 좋은 사람이 될 순 없다. 모든
상황에서 모두의 입맛에 맞게끔 좋은 사람이 될 수 없다는
것이다. 나는 내가 소중하게 여기는 어떤 것으로부터 최선
을 다하여서 그것에게 좋은 사람으로 남으면 되는 것이었
다. 모두에게 사랑받을 수 없고 모두를 만족시킬 수 없는 노
릇이기 때문이다. 아빠는 나의 축 처진 어깨를 감싸 안고 말
했다.

― 괜찮다 애야. 네가 어떤 것으로 인해 슬픈 사람이어야
할 때는 맘껏 울어. 그게 그 위치에서 최선을 다하는 것이야.

맞아, 아빠. 나는 또 엉엉 울고 다시 일어서야겠다. 나를
소중하게 생각하는 어떤 것들에게 최선을 다하기 위하여.
그것으로부터 좋은 사람으로 살아가기 위하여.

오늘도 최선을 다했다면 그것으로 된 것이라 말하고 싶
다. 그럼에도 나를 좋은 사람으로 두지 못하는 것들에는 미
련 없이 떠나라. 그래도 어쩔 수 없이 슬프다면 최선을 다해
울어라. 어떤 행복한 것들로부터 기쁘다면 최선을 다해 기
뻐하고 또 힘들어야 한다면 최선을 다해 힘들어해라. 어떤,
어떠한 위치와 상황으로부터 사람으로부터 최선을 다하라.
우리 모두, 소중하게 생각하는 어떤 것으로부터 좋은 사람

으로 남기 위하여. 좋은 사람이 되기 위하여.

— 아빠. 나는 아빠에게 좋은 사람이야?
— 응. 아빠한텐 말이야.
  네가 잘 자라주는 것만으로도 너는 참 좋은 사람이란다.

힘들어서 말고 행복해서

우리의 삶은 철이 들어가며 울고 싶은 날이 많아집니다. 약해지기라도 한다면, 그래서 엉엉 울기라도 한다면 철없는 사람으로 몰아세우기 때문이죠.

울고 싶다는 말. 사실 단어 그대로의 '울고 싶다'는 개념보다는, 상징적인 의미일 수도 있겠습니다. 마음 놓고 아파하고 싶다는 정도의. 눈치 안 보고 한없이 약해지고 싶다는. 무언가에 기대고 싶다는.

그런데 어느 날 생각을 했습니다. "마음 놓고 울고 싶다.", "슬플 때 울고 싶다.", "약해지고 싶다." 이런 것들, 결국 내가 일단 아프고 슬퍼야 할 수 있는 것들 아니겠냐고. 고작 그런 울음을 바라고 살아온 건가 하면서, 조금의 후회가 나를 콕 찌릅니다.

이젠 조금도 아파지기 싫고, 조금도 슬퍼지기 싫습니다. 아파서 울기도 싫고 슬퍼서 울기도 진절머리 날만큼 싫습니다. 그런 거 말고 한 번 행복해서 펑펑 울어보고 싶습니다. 딱히 지금 크게 슬픈 일이 있거나 아픔이 채 아물지 않은 것은 아닙니다. 딱히 무슨 일이 나를 괴롭히는 것도 아닙니다. 무미건조한 하루의 끝, 스탠드를 켜놓아야 잠을 잘 수 있는 나를 보며 이불 속에서 생각합니다. 진짜 힘들어서 말고 행복해서 펑펑 울어보고 싶다. 하고요.

어쩌면 눈물을 감추었던 시간만큼이나 삶이 무미건조해진 탓이겠지요. 어떻게 살아가다 보니 아픈 것도 감지덕지라 느끼고 산 거 아닌지 모르겠습니다. 아프고 힘들어도 티낼 수 있는 거 고작 그거만으로도, 약해질 수 있는 거 고작 그것만으로 만족하고 산 건 아닐까 합니다. 다들 그렇게 살아가고 있으신가요? 나만 갑자기 이런 생각 든 거 아니겠죠? 나만 진부한 슬픔에 익숙해졌다고 생각한 거 아니겠죠?

우리 오늘부터 행복해서 울고 싶은 날을 바라며 살아요. 아파도 괜찮을 수 있는 날을 바라며 살지 말고. 더 이상 행복에 인색해지지 말고.

마음에도 환절기가 있다

　　여름에서 가을로 넘어가려고 할 때에. 겨울에서 봄으로 넘어가려고 할 때에. 계절이 변하면서 한 계절 안의 낡은 버릇을 허물고 새로운 버릇을 입으려고 할 때에 사람은 코를 훌쩍인다. 날이 더울 때 버릇처럼 해왔던 손부채를 날이 추워지면서 주머니 안쪽에 꼬옥 보관하게 되는 사소한 습관의 변화부터 내 방 안에 있는 이불이나 옷걸이에 걸려 있는 옷의 두께까지, 낡은 어떤 것들을 새롭게 변화시키려고 할 때에 우리는 미열을 겪기도 하고 자꾸만 코끝이 근질거려서 훌쩍이기도 하는 것이다.

　　그것을 환절기라 부른다면 분명히 마음에도 환절기가 있다고 생각했다. 마음이 따뜻한 계절에서 차가운 계절로 넘어가려고 할 때에 혹은 차가운 계절로부터 따뜻한 계절로 넘어가려고 할 때에. 언제는 버릇처럼 대했던 손깍지를 대신해서 외투 주머니 안쪽에 보관하는 일이 많아지기도 하는 것이다. 사람을 대하는 마음의 두께를 얇게 펴놓아야 하는 때가 올 수도 있는 것이고, 내 마음이 보이지 않도록 돌돌 감싸서 숨겨놓는 때가 오는 것이다.

그럴 때마다 나는 지독한 미열을 겪어야만 했고, 울음을 그치지 못해 훌쩍거리기 일쑤였다.

단순히 따뜻했던 마음이 차갑게 얼어버리는 것과는 다르게, 언 마음이 어떠한 따뜻함에 녹아내릴 때조차 나는 그래야만 했다. 차갑고 따뜻하고를 떠나, 단지 마음에 온도가 달라져야만 할 때에. 나의 마음이 가지고 있는 모든 낡은 습관을 이제는 버려야만 할 때에. 아니, 나의 마음이 가지고 있는 낡은 기억을 이제는 삼켜버려야 할 때에. 환절기보다 더 낯선 온도에 맨몸으로 내던져졌을 때. 그리고 그곳이 내가 머물러야 할 온도일 때에.

그래. 나는 그랬다. 지나면 괜찮아지겠지, 지나면 익숙해지겠지 하면서 한동안을 어린아이처럼 훌쩍거려야 했다.

나의 몸은 그대로인데. 계절은 변하면서 자연스럽게 오는 미열과 같이 우리의 마음도 변화하려는 계절을 따라가지 못해서 약간의 미열을 겪는 것이다.

이유에 속아줘야 하는 사람

　　나는 매번 속으며 살아왔다. 사랑이든 일이든 학업이든. 그 무엇이든지. "아직 포기할 순 없지." 더 나아갈 이유가 있으니까, 생겼으니까. 그놈의 이유 때문에 지금까지 달려왔고, 오늘도 미련하게 또 이유 따위를 믿는다. 아직 나는 더 나아가야 할 이유가 있으니까 힘을 내야지. 하고. 그렇게 매번 속아 넘어가고 그렇게 또 달릴 것이며, 그렇게 또 얼마 안 가 숨구멍을 찾아 허덕이게 되겠지.

　　운명이란 것이 있다면 묻고 싶다. 왜 매번 내가 힘들 때 찾아와 시답잖은 이유를 던져 놓고 해결하라는지. 아니, 포기하고 싶을 때 굳이 찾아와 이유를 던져놓고 나아갈 용기를 심어주는지. 평생을 살아도 그 얄미운 이유 앞에 나는 오늘 또 속아 넘어가야 할 운명인 사람처럼 말이야. 자꾸만 이유가 생기는 삶이 싫고, 이유에 맞장구쳐주는 내가 싫다.

　　이유를 탓하며 살아가지만, 어쩌면 이유는 내가 만드는 것일 수도 있다. 힘들 때마다 포기할 수 없어서 이유를 만들고, 포기할 것 같을 때마다 지치지 않기 위해서 이유를 만들었다.

친구야 아플 것이다

친구야 아프지. 다 안다. 무척이나 아플 것이야. 나도 그랬고 누구나 그랬으니까. 그 기분 잘 알고 있다. 하지만 누구나 아픈 거니까 너에게 무작정 참으라 말하는 것은 아니다. 또 네가 누구보다는 덜 아프니까 덜 힘드니까 너의 힘듦이 별것 아니라는 말도 아니다. 친구야. 다만 나도 아프다는 것이다. 그래서 또 살아있다는 것이다. 네가 소중하게 생각하고 있는 무언가가 멈추지 않고 흐르고 있다는 것이다. 너의 사랑에도 열정에도 삶에도 그 무엇에도 피가 흐르고 있다는 것이다.

흐르지 않음은 죽음을 뜻한다. 보아라. 흐르지 않는 물이 썩어있지 않느냐. 우리에게 피가 흐르고 있으니 아픔을 느끼지 않느냐. 힘들다는 것이 그렇고 아프다는 것이 그렇다. 누구의 아픔이 큰가는 중요하지 않다. 다만, 살아있음에 종이에 베인 작은 상처에도 불편함을 느끼는 것이다.

그래서 오늘도 그 어느 것에 그렇게 베여서 상처가 났구나. 따끔따끔한 것이 피가 고이면 딱지가 생기기도 할 것이다. 그 단단해지는 과정을 견디지 못해 자꾸만 긁으려고 할 때도 있을 것이다. 그렇게 또 흉이 지기도 할 것이다. 하지만 그렇다면 그것으로 된 것이다. 네가 소중하게 생각하는 무언가가 멈추지 않았다는 것만으로 우리는 충분하지 않으냐. 괜찮다. 지금은 무척이나 아프겠지만, 썩지 않고 흐르고 있다는 그 사실만으로 다 된 것이다.

친구야. 그것이 혹여 너를 아프게만 만드는 것처럼 느껴질지라도, 잊지 않고 기억하는 것이다. 그 어떤 소중함이 아직은 살아있다는 사실 그 하나만으로 다 된 것이라고 말이다.

행복이고
뭐고 몰라도
되니까
그냥
아무 감정
없이

둥둥
떠다니고
싶다.

요즘
내 마음은
그래.

행복했던 시간을 행복했던 시간으로
간직할 수 있다면

　- 행복했던 시간을 행복했던 시간으로만 그대로
간직할 수는 없을까?

그러니까, 조금이라도 행복할 기미가 보인다면 그것이
거대한 파도가 되어 내 남은 행복마저 전부 쓸어 갈까 봐서
그래. 왜 내가 쌓은 행복이란 것들은 죄다 해변가의 모래알
처럼 쉽게 흩어지는지 모르겠어.

- 파도는 모래를 휩쓸어 가기도 하지만, 다시 새로운 모
래를 가져오기도 한다는 사실을 잊지 마.

행복의 높이를 재지 말았으면 해. 그것이 정녕 네가 높게
쌓아올린 행복을 쓸어가고 겨우 몇 알맹이의 행복을 던져주
더라도 그것으로 된 거야. 행복했더라면 그것으로 된 거야.
그래도 아깝게만 느껴진다면 전부 흩어져 버린 행복에 대해
이렇게 말하는 거야. 다시 내 곁으로 돌아와 줄 거라 믿어.
다시 돌아올 거라고 믿어. 지금은 잔인하게도 흩어져 버렸

지만 언젠가는 그렇게 될 것이라 믿어.

거친 파도가 앗아간 모래알이 또 다른 파도를 만나 휩쓸려 되돌아오듯이 다시 나에게도 그 행복들이 되돌아와 줄 것이라고 믿는 거야.

다시 돌아올 거야. 다시 돌아올 거야. 그러면 네가 두렵게만 느끼는 그 파도를 조금은 더 자신 있게 맞이할 수 있지 않을까 싶어. 다시 돌아올 거야. 그러니 지금은 안녕. 이렇게 말이야.

어느 날 친구가 말했다. 행복했던 시간을 행복했던 시간 그대로 남길 수 없을까. 잔인한 순간이 아니라. 요즘은 내가 행복하다 느껴지기라도 하면 덜컥 겁이 먼저 나고 그래. 그 행복으로부터 다시 불안함을 느끼기도 하고 가끔은 도망치고 싶기도 하고.

미안하다고 말할 수 있는 순간

사랑한다고 말할 수 있던 때보다 미안하다는 말을 할 수 있던 때가 가장 좋은 때였던 것 같아. 미안하다고 용서를 빌 수 있을 때가. 그러니 내가 더 잘하겠다고 날 떠나지 말라고 말이야. 혹여 이대로 나를 두고 떠난다고 하더라도 그 전에 내가 저질렀던 잘못들에 대해 용서를 빌 수 있을 만한 그런 순간들 말이지.

우리 엄마는 살면서 정말 소중했던 것들이 떠나갔을 때 주저앉아 우는 것밖에 할 수가 없었다고 했다. 사랑한다고 말할 수가 없어서가 아니라 언젠가 저질렀던 잘못에 대해 미안하다는 말을 들려줄 수가 없으니 주저앉아 우는 것밖에는 할 것이 없었다고.

할머니의 영정사진 앞에서, 무지개다리를 건넌 야옹이의 무덤 앞에서. 엄마가 싫증 난다고 떠나간 첫사랑으로부터. 어떤 고집으로 인해서 그때는 말하지 못한, 용서를 빌지 못했던 사소한 모든 순간에 대해서 주저앉아 엉엉 울 수밖에 없었다고 했다.

잘라내어야 한다는 것

"심하게 꼬여버린 끈은 풀려고 하면 할수록 더욱 꼬이는 것이란다."

엉켜버린 연줄을 끙끙거리며 만지고 있는 나를 보고 아빠는 말했다. 그 연줄은 너무 엉켜버려서 이제는 풀지 못할 것이라고. 여기쯤에서 잘라내어도 충분할 것이라고. 하지만 나는 연을 더 멀리 날리고 싶은 마음에 아빠의 말을 듣지 않았고, 결국은 손톱만 벌게져서 끈의 대부분이 전보다 더 심하게 엉켜지고야 말았다.

나는 연줄의 반 가까이를 자르고 나서야 엉키고 난 다음 바로 자르지 않은 나를 탓했다. 내가 끙끙거리며 만지작거리기라도 하면 언젠가는 엉킨 줄이 풀려버릴 것이라는 나의 기대와는 다르게 이미 걷잡을 수 없이 엉켜버린 것이었다.

또 어느 주말의 오후에는 내 축축한 머리칼을 대신 말려주던 엄마가 머리칼의 끝을 유심히 보곤 말했다.

"머리칼이 상했구나."

그리곤 머리칼 끝부분이 상하면 바로 잘라내어야 윗부분이 상하지 않는다 말을 했다. 하지만 나는 그동안 길은 머리가 아쉽게만 느껴져서 절대 자르지 않을 것이라고 고개를 절레절레 흔들었다.

그대로 두면 더 짧게 잘라야 한다는 엄마의 말에 그날 집으로 돌아오는 길엔 린스를 사서 머리를 감아보았지만, 한순간일 뿐 상한 머리칼에는 도움이 되지 못했다. 나의 고집은 결국 소중히도 길러왔던 머리칼을 짧게 잘라내게 만들었다.

엄마 아빠 말이 맞았다. 아빠와 운동장에 가서 연날리기할 나이는 지났지만, 늦잠을 잔 주말 엄마가 머리를 말려줄 나이는 지났지만 그 이후에도 똑같은 상황과 똑같은 슬픔을 계속 겪어야 했다. 잘라내야만 하는 상황과 그것을 받아들이지 못하는 나의 안타까운 마음.

세상은 늘 나에게 잘라내는 것에 대해 연습을 시키는 것만 같았다. 어떤 관계는 엉켜버린 실처럼 풀려고 하면 할수록 더 엉키기 마련이었고 어떤 관계는 상해버려서 내가 원치 않는 곳까지 갈라서도록 만들어버렸다. 예전이나 지금이나 내가 쥐고 있는 어떤 것에 대한 부정은 곧 내가 그것을 잘라내어야만 후에 큰 아픔을 겪지 않는다는 것을 가르치고 있는 것이었다.

예전과 다른 것이 하나 있다면 그런 상황을 받아들이는

나의 태도뿐이었다. 예전에는 엉켜진 것이라도 내가 기필코 풀어낼 수 있을 것만 같아서 또는 상해버린 것이라 해도 다시 예전처럼 되돌아올 것만 같아서. 그런 어떠한 기대감들 때문에 쉽게 잘라내지 못했다. 내 힘으로라도 어떻게 해보려고 안간힘을 썼던 것이다.

맞다. 하지만 이제는 달라졌다. 그것이 내 맘대로 풀릴 것이라는, 내 기대만큼 되돌아올 것이라는 막연한 상상은 하지 않는다. 다만 잘라내야 하는 그 순간이 지금은 아니기를 바랄 뿐이다. 언젠가는 분명 잘라내어야 한다는 것을 머리로는 알고는 있지만 단지 지금 이 순간만큼은 아니길 바라는 마음으로 쉽게 잘라내지 못하는 것이다. 그것이 늘 후회를 만든다고 해도. 그것이 늘 나를 아프게 만든다고 해도.

꼬마였던 어린아이는 어느새 어른이 되어 이제는 엉켜버린 것을, 상해버린 것들을, 나를 힘들게 하는 어떤 것들을 언젠가는 꼭 잘라내어야 한다는 것을 마음으로 알게 된 것이었다.

잘라내어야 하는 슬픔을 마음으로 이해하는 날이 오다니. 아니. 그 슬픈 마음은 내 뜻대로 어찌할 수 없는 것이란 걸 마음으로 이해하는 날이 오다니.

누군가의
새벽을
그리움으로
물들이게
할 만한
가치가 있는

사람이
되고 싶다.

그냥
사랑받고
싶다는
말이야.

여행을 살아야겠다

"그 무엇이라도 사랑하려고 왔어요."

게스트 하우스에서 낯선 사람들이 옹기종기 모여 취기가
오르자 하나둘씩 여행의 목적에 대해 이야기를 꺼내기 시작
했다. 나는 무엇인가 사랑을 하고 싶어서 목을 축이러 온 동
물처럼 이곳을 들리게 되었다고 했다. 나에게 여행은 그 무
엇이라도 사랑하고 싶어서 떠나온 여정이라고 말이다. 누구
에게는 푸석한 현실만이 남아있었다.

"휴가인데 집에만 있기는 뭐 해서 여행을 왔어요."

또 누군가는 자전거 트레킹을 하기 위해서. 또 누군가는
많은 사람을 만나고 싶어서. 또 누군가의 여행은 슬프지만

아름다운 마음이 담겨있었다.

"이제는 헤어진 연인과 예전에 여기로 여행 왔을 때에
못 담아 간 추억을 다시 담으러 왔어요."

그 곳에는 이렇고 저런 여러 사연이 모여있었다. 그 많

은 이야기 속에 기억에 남는 사람이 있다면, 혜진이라는 이름을 가진 이십 대 후반의 여자였다. 그녀는 지금 오고 가는 이런 이야기들이 오히려 솔직하다는 말을 꺼내며 이야기를 시작했다.

"많은 사람들이 처음 만나선 깊은 속내를 말하지 못할 것이라고 생각하지만, 오히려 진짜 속 이야기는 낯선 사람에게서, 낯선 환경에서 꺼내는 일이 많아요."

예로 들면 친한 친구에게 연인에게 말하지 못한 불만이나 나에 대한 불안 같은 것들 말이다. 그러니까 어쩌면 우리의 고향은 원래 여행이 아닐까라는, 어쩌면 우리는 원래 여행을 살았던 사람들 아닐까라는, 낯선 사람을 만나고 또 그런 사람들과 이야기를 하고 언제는 모르는 곳에 도착해서 헤매는 것이 원래 우리가 살고 있던 곳 아닐까라는 이야기와 함께.

"어릴 적에 섬에 살았을 때에 우리 할머니는 조개를 보면서 말했어요. 조개를 캐면 꼭 바닷물이나 소금물에 담가두었다가 먹어야 한다고. 그래야 애가 품고 있는 모래 같은 이물질을 전부 토해내서 사람이 먹을 수 있다고. 그것을 해감이라고 한다고 말이죠. 그래서 물었어요. 그냥 물에 담가놓으면 안 되는 것이냐고. 꼭 소금물이어야만 하냐고. 그러자 할머니가 말했어요. 애가 살고 있던 곳과 비슷한 곳처럼 만들어줘야지 애가 긴장이 풀려서 모래를 토해내는 거라고."

　그녀의 삶은 늘 긴장의 연속이라서 토해내지 못한 것이 너무도 많다고 했다. 단순히 그것을 전부 토해내고 싶었다고.

　그녀의 말 한마디 한마디는 해감시키지 못해서 남아있는 모래 같은 것이 씹히는 이질감을 주었다. 기분이 썩 좋지 않다는 느낌보다는 분명히 알고 있었는데 잊어버렸거나 외면하려고만 했던 것들이 그녀 입으로부터 나와 나를 긁어내고 있는 느낌의 이질감이었다. 동질감과 더 비슷한 의미의 이질감이랄까. 그 무엇이라도 사랑을 하고 싶은 나의 마음과 다르지만 닮아있었다.

　"그러니까 나의 여행은 꾸역꾸역 삼키고 담아두었던 모래 같은 푸석함을 해감하러 온 거예요. 아니면 쓸데없이 토해냈던 감정들을 다시 삼켜내고 싶어서거나."

　다들 저마다의 낭만을 가지고 왔지만, 나에게는 그녀의 말이 제일 와닿는 낭만에 속했다. 그 무엇이라도 사랑을 하는 일이 여행의 목적이라고 말했던 나이기에 이번 여행은 만족스러운 여행이라고 생각했다. 나는 그 이후로 줄곧 그녀를 사랑했기 때문이다. 아니 정확히는 그녀의 생각을 사랑했다. 우리는 원래 여행에 살았던 것이라는 말. 그리고 다 토해내고 싶다는 말. 꾸역꾸역 삼키고 담아두었던 모래 같은 푸석함을 해감하러 왔다는 말. 또는 불필요하게 토했던 감정들을 다시 삼키려고 왔다는 말. 해감하지 않은 조갯살처럼 감칠맛이 나면서도 모래 같은 것이 으드득으드득 씹히는 날것의 생각들과 말투 그리고 표정.

그녀의 사는 곳이나 전화번호같이 그녀와 연결될 수 있는 것들은 물어보지 않았다. 굳이 사랑하는 것이 연결되어야 하는 것이 아니므로. 또 주고받아야 하는 것이 아니므로. 언젠가 다시 그녀의 생각을 사랑할 날이 오겠지. 우리가 사는 곳이 여행이라면 또 언젠가 서로가 있어야 할 자리에서 다시 만나게 되겠지. 집으로 돌아가는 길에 나는 이렇게 생각하였다. 그것이 설령 외롭더라도 불편하더라도 언제까지고 여행을 살아야겠다고 말이다.

우리는 어쩌면 여행을 살았던 사람들일 거라는 말. 우리의 고향은 어쩌면 여행일 수도 있겠다는 그녀의 말. 나를 여행에 살게끔 만들었다.

고쳐야 하는 거잖아

기억나? 나 있잖아. 예전에는 엄마가 주사 맞으러 가자는 말이 너무 싫었고, 쓴 약을 입에 넣어야 하는 것도 싫어서 병원에 가지 않겠다고 이불 안에 숨어있고 그랬잖아. 맞아, 그땐 그랬었지. 어디가 시큰시큰 아프기 시작하면 내가 아픈 곳이 곪아서 더 아프게 될 것이라는 두려움보다 병원에 가야 한다는 두려움이 더 컸을 때가 있었지. 그래도 있잖아, 언제부턴가는 아플 때 병원에 가지 않으면 더 고생이란 걸 알게 되어서 씩씩하게 혼자 병원에 다니고 했었지.

맞아. 그래서 어느샌가부터 이제는 나도 어른이라고 생각했어. 그래서 이제는 두려움 같은 게 더는 없을 거란 생각했던 거야. 사실은 그게 아니었는데 말이야.

아프다는 것은 고쳐야만 하는 거잖아. 응? 고쳐야만 한다는 거잖아. 소중한 무엇 때문에 마음이 아프면 그것도 마찬가지로 고쳐야 하는 거잖아. 고치면 다시는 보지 못하는 관계도 있을 테고 다시는 만나지 못하는 것들이 있을 텐데 말이야.

나는 가끔씩 내가 소중하게 생각했던 어떤 것 때문에 마음이 이렇게도 아픈데 왜 고치기가 싫은지 모르겠어. 나는 이대로 아픈 것도 좋은데 고쳐야만 한다는 거잖아. 아프다는 것은 어딘가 잘못되었다는 거잖아.

그럴 때 엄마는 어떻게 했어? 나 데리고 갔던 것처럼 엄마도 주사 맞으러 갔어? 나는 모르겠어. 아픈 게 너무 싫어. 이제는 어렸을 때처럼, 아프다는 사실보다도 그것을 억지로 고쳐야 한다는 사실이 너무 싫어 엄마.

엄마는 아팠을 때마다 병원에 바로 가고 그랬어? 나는 언제쯤 어른이 될까 싶어. 언제까지고 애처럼 아픈 거 무서워하고 그렇게 살까 싶어.

그게 참 외로운 것이더라

오랜만에 만난 친구와 술 한잔 기울이고 헤어지려고 하는 길. 친구는 갈증이 나지 않냐고, 뭣 좀 마시자며 편의점에 들리자고 했다. 집으로 가는 방향을 조금 틀어서 도착한 편의점에는 참 많은 종류의 캔 음료가 있었다. 곧, 그 많은 것들이 하나둘 시선에 들어왔고 또 어떤 것들은 눈길 하나 없이 스쳐 지나갔다. 복잡하게도 진열된 상품들을 보곤 찰나의 생각이 머릿속을 가득 채웠다.

오늘 친구는 이야기했다. 내가 연애를 하지 못하는 이유에 대해서 말이다. 나는 외롭다는 말을 자주 달고 살았고, 그 말을 들어왔던 친구는 외롭다 외롭다 말만 하면서 개선하려는 노력이 전혀 보이지 않는다는 핀잔을 주었다. 사람을 만나는 것에는 명분이 필요하다고 말이다. 그 명분을 만들지 않으면서 계속 외롭다고만 하면 어떡하냐고. 예로 들어 내가 대학생이라면 어떤 동아리에 들어간다든가 하는, 상대방과 자연스럽게 이어질 수 있는 일종의 명분 말이다. 내가 인연을 만날 수 있도록 만들어주는 명분.

친구는 편의점에 들어가자마자 자연스럽게도 즐겨마시던 밀키스를 집어 들었다. 나는 그런 친구가 했던 말을 떠올리며 넌지시 물음을 던졌다. 녀석이 말했던 그 명분이란 말. 여기 이 편의점에서 만나기 위해 진열된 저 캔 음료들도 참 먼 거리를 달려왔을 테고, 너 또한 가던 길을 틀어서라도 이곳에 도착했지만 결국은 네가 선택하는 것은 따로 있지 않냐고. 손에 집어 든 밀키스와 같이 말이다. 굳이 바로 여기, 이 편의점이 아니었어도 넌 어딜 가서든 밀키스를 고를 것이지 않냐고. 명분과는 상관없이 이어질 것은 이어지게 되어 있고 이어지지 않는 것은 이어지지 않는다고 말이다. 어찌들어보면 운명론과 같이 우스갯스러운 이야기일 수도 있지만, 친구의 행동은 꼭 그것을 대변하는 듯 보였기 때문이다.

친구는 다시 음료 매대를 스윽 훑어보면서 답을 했다.

"봐봐. 이것들 말이야. 다 저마다 선택받으려고 화려하게 치장을 했잖아. 날이 덥네. 포카리 하나 사줄 테니까 너도 마셔라."

그러곤 밖으로 나와 담배 한 대를 태우며 이야기를 이어갔다. 나는 사실 이 밀키스를 먹으려고 편의점에 들렀지만, 그 포카리가 참 시원하겠다 생각이 들어서 하나 더 고른 거야. 진 퍼런색으로 칠 된 게 시원할 것만 같아서 말이야. 봐, 저 하찮은 캔 음료도 누군가에게 선택받으려고 화려하게 치장을 했잖아. 또 그래서 내가 선택을 했잖아. 너도 그렇게 누군가에게 선택받을 수 있도록 준비를 해야지 인마. 운명 좋아하네. 이어질 것이 세상에 어디 있어. 하나를 가르치면 하나만 아는 이 멍청아.

나는 잠시 벙찐 표정을 지었다. 그리곤 장난스럽게 친구를 툭 치며 무언의 수긍을 보냈다. 그렇게 담배를 마저 태우고 우리는 서로의 집 방향으로 갈라섰다.

집으로 돌아오는 길엔 오늘의 대화에 대해서 되새겼다. 아니, 좀 더 정확히는 내가 외롭다 외롭다 한 것의 진정한 의미에 대해서 되새겼다. 밀키스를 좋아하는 녀석이. 어릴 때부터 동네슈퍼에서 꼭 밀키스를 골라갔던 그 녀석이. 편의점에서 역시나 밀키스를 고르고, 어떠한 이유 때문에 추가해서 고른 포카리가 마음에 걸렸다. 내 손에 쥐어있는 텅텅 빈 이 포카리.

나의 외로움은 단지 문자를 주고받거나 서로가 서로만의 애칭으로 불리는, 또는 서로의 향기를 맡거나 하는, 일종의 애정 표현의 부재로 나온 것은 아닌 것 같아서. 오히려 사람들을 만나고 연을 맺음으로써 겹겹이 쌓이는 외로움인 것 같아서.

친구야. 사실은 네가 포카리에 대해서 이야기할 때부터 마음 한 쪽이 시큰시큰 외로워졌다. 이 포카리 말이다. 결국, 동정으로 선택받은 것 아니냐. 네 마음과는 별개로 잠시의 변덕 때문에 선택받은 거 아니냔 말이다. 포카리가 퍼런 색이 아니었다면 너는 다른 것을 선택했을 것 아니냐. 나는 언제까지고 나를 치장해서 선택받아야 하느냐 말이다. 그래, 너와 달리 내 사랑은 언제나 그쪽에 있었다. 나는 그게 외롭더라. 나라는 존재만으로 택해주는 사람이 없어서 말이다. 내가 화려해야만 선택받을 수 있을 것만 같아서 말이다. 그래. 차마 솔직하게 말하지 못했지만, 그게 참 외로운 것이더라.

친구야. 나는 가엾게도 네 손에 들려있는 밀키스가 부럽게 느껴지더라. 그 어느 곳에 있어도 어떤 시간에 있더라도 찾아주는 그런 사람이 있다는 것 하나만으로 충분히 부럽더란 말이다.

외롭다는 것

오늘은 뉴스를 둘러보다 변기보다도 우리가 쓰는 핸드폰에 세균이 더 많다는 소식을 접했다. 그것을 보고 한참을 생각했다. 이처럼 우리의 삶은 대체로 눈에 보이는 것과 읽히는 것에 집중해서 많은 것을 오해하고 있다고 말이다. 변기를 옆에 두고 밥을 먹진 못하겠지만, 그것보다 더러운 핸드폰은 꼭 쥐고 숟갈을 뜨는 나를 보고 있자니 말이다. 그만큼 정확한 사실 여부와 상관없이 화장실이 나에게 더러운 곳으로 인식되어있기 때문이다. 그렇게 보이기 때문이다.

하나의 예를 더하자면 외로움이란 단어도 그렇다. 사실은 외로움이라 불리는 감정보다 사랑이라는 감정에 외로움이 더 짙게 묻어있다. 외롭다는 것이 마냥 외롭게만 느껴져서 그런 것이지. 그것이 정말 외롭게만 들리기 때문이지. 사실 뒤돌아서 생각해보면 언제나 사랑을 할 때에 외로움이 큰 파도처럼 물밀려 들려왔다.

술 먹고 진심을 이야기 하는 사람

우리 아빠는 술을 먹고 진심을 이야기하는 사람을 조심하라고 했다. 뭐, 그렇다고 꼭 멀리하라는 뜻은 아니고, 돌다리도 두들겨 보고 건너라는 정도의 조심. 술을 먹으면 진심을 이야기할 것 같지만, 사회생활을 겪어본 사람이라면, 진심인 척 상대가 진심이길 바라는 말을 하는 사람이 있다고. 남 얘긴 아니고, 뒤돌아보니 아빠가 그렇게 살아온 적이 많다고. 차라리 술 먹고 개가 되어서 나를 욕하는 사람이 더 나을 수도 있을 거라고.

나는 혼란스러웠다. 대체 어디까지 사람을 믿어야 할까. 하고. 어디까지 의심해야 할까. 하고.

나는 아직까진 술을 마시면 진심을 이야기한다. 아직은 사회에 때 타지 않은 사람인가 보다 안심이 되면서도. 아버지의 말이 혼란스러웠다.

특별한 사람

　　– 아빠, 나는 왜 별거 없이 태어난 거야? 우리 반에 연예인같이 하고 다니는 애가 있는데 걔에 비해서 난 못생기게 태어난 거 같아. 우리 반에 공부 잘하는 애가 있는데 걔에 비해서 난 머리가 나쁜 거 같아.

　　나는 별 볼 일 없이 태어난 거 같다고, 나는 걔네들에 비해서 특별한 것 하나 없는 아이라고 아빠의 넓은 가슴에 기대어 울고 있을 때 아빠는 나를 도닥이며 말했다.

　　– 흔한 것을 특별하게 만드는 사람. 그런 사람이 특별한 사람이 되는 거란다.

　　나는 아빠가 말해주길 바랬다. 내가 걔보다 잘났다고, 걔보다 똑똑하다고 걔들보다 특별하다고. 그렇게 말해주길 바랬지만 돌아온 말은 그런 종류의 듣고 싶은 말이 아니었기에 아빠의 말은 귓등으로 들리기 일쑤였다. 알록달록 포장되었지만 결국은 내가 걔네들보다 못난 사람이라는 소리로밖에 들리지 않았기 때문이다.

그래서 나는 오직 별 볼 일 없는 삶을 살아야만 했다. 별 볼 일 없는 외모에 별 볼 일 없는 성적으로 별 볼 일 없는 대학을 갔고 별 볼 일 없는 곳에 취업을 해서 별 볼 일 없는 가정을 꾸리게 된 것이다. 그렇게 나의 삶을 한탄하며 살아온 나에게 아빠가 말했던 '특별한 사람'에 대해서 또는 나의 가치에 대해서 다시 생각하게끔 만든 것이 있었다.

며칠 전에 우연히 보게 된 다큐멘터리였다. 다큐멘터리에는 여러 수집가들에 대한 이야기가 나왔는데 그중에서도 보석보다 비싸게 팔리는 '수석'을 찾아다니는 돌 수집가. 그리고 세상 모든 화폐를 소장하고 싶다는 화폐 수집가의 이야기가 내 머리에 맴돌았던 것이다.

"돌은 자신을 특별하다고 생각해주는 사람에게 보석보다 값어치 있는 돌이 되어서 다가오죠."

또, 화폐 수집가는 애지중지하던 화폐를 감정받기 거부했다. 내가 특별하다고 생각하면 그것은 나에게 특별한 화폐가 되는 것이라고 했던 것으로 기억한다.

꼭 수집가라는 것이 나의 삶을 반대로 옮겨놓은 것만 같이 느껴졌다. 그래서 아빠가 하늘에서 나를 위해 보여주는 것이라고 생각이 들었다.

'너의 하루가 별 볼 일 없는 하루라고 느껴지더라도, 누군가에게는 특별한 하루일 것이야.'

그래서 나는 매일매일 특별한 하루를 살아가는 것이라

는, 그런 의미로 말이다.

'네가 비록 별 볼 일 없어 보이더라도 그런 너를 특별하게 생각하는 마음이 너를 특별하게 만드는 것이란다.' 이렇게 말이다.

맞다. 흔한 것을 특별하게 만드는 사람. 그런 사람이 특별한 사람이 되는 것이라는 말은 분명 그런 뜻이었다. 훌륭한 외모를 가지고 있어서가 아니라, 비상한 머리가 있어야만 되는 것이 아니라, 주위의 이목을 집중시킬만한 재주가 있어서가 아니라. 흔한 것일지라도 특별하게 생각하는 나의 마음이 되려 나를 특별하게 만들어 주는 것이었구나.

아빠, 나는 너무 남을 의식하고 살았나 봐. 별 볼 일 없는 삶을 살아야 했던 것이 아니라 내가 별 볼 일 없는 삶을 택한 건가 봐. 아빠는 나에게 내가 개보다 잘났다고, 내가 개보다 똑똑하다고 말해주지 않았지만 그것보다 훨씬은 더 긴 여생 동안 별 볼 일 없는 나를 특별한 사람으로 만들어 준 특별한 사람이었다. 꼭 깨우쳤을 때는 늦더라. 우리 아빠 너무 고맙다. 나를 특별하게 만들어준 특별한 사람. 보고 싶어.

고마운 우리 아빠. 참 특별한 사람. 보고 싶다.

사는 게 그런 거더라

어릴 때에는 놀이터에 놀 친구가 없으면 외롭고 조금 나이가 들어선 사랑을 나눌 연인이 없으면 외로웠다. 좀 더 크니까 잔소리해 줄 엄마가 없는 게 외롭고, 등을 밀어줄 사람이 없는 게 외롭더라.

이젠 다 커 버린 것인지 외로운 게 너무 많은데, 뭐가 외로운지는 잘 모르겠고… 술 좀 취하면 외롭다는 생각이 파도처럼 나를 집어삼키더라. 아, 주변에 결혼하는 친구들이 생기면서 축하할 일이 늘어나는 반면, 뭐랄까 누가 죽었더라 누구 아버지가 돌아가셨더라 이런 슬픈 소식도 쉬지 않고 들려오는 것 보면 세상 참 행복하고 잔인하게 돌아가는 구나 싶고. 그러다 보면 난 언제 결혼하나… 울 아버진 잘지내려나… 건강도 걱정되고. 그렇게 정신 차릴 새 없이 살다 보니까 이젠 별일이 일어나도 그냥 그랬구나… 싶다. 별감정 없이 말이야.

요즘은 그냥 딱 무엇 때문이 아니라, 그냥 살아가는 거자체가 외롭다 생각한다. 그래서 가끔은 정확히 무엇 때문에 외로웠던 시절이 그립다. 무엇 때문에 외롭고 공허하고 쓸쓸한지 알 수 있던 시절 말이야. 이유라도 알면 고칠 수라도 있을 텐데. 요즘은 도통 내가 뭣 때문에 외로운지 그 이유 모르겠다. 친구도 있고, 연애도 간간이 하고, 일도 곧잘 하고 있는데 그냥 뜬금없이 자고 일어나면 외롭고, 지하철에 서 있다가 외롭고, 술 먹으면서 외롭더라. 살면 살수록 점점 돌아갈 수 없는 시간이 늘어나기 때문에, 그게 나를 통째로 외롭게 하는 건지도 모르겠다. 얼마큼 늙었다고 벌써 옛날얘기 하면서 '정확히 무엇 때문에 외로웠던 시절이 그립다.' 말하는 거 보면 말이야.

　그런 거 보면 살아가는 거 그 자체로 참 외로운 거구나 싶다. 그래서 종종 자신이 없다. 이렇게 살아가다가 내 삶이 저만큼이나 멀리 가버리면, 그땐 내가 얼마큼 이유 없이 외로워야 할까 하고. 문득 생각이 들더라. 이렇게 사는 게 잘 살고 있는 건가. 정말 맞는 건가 싶고. 그러면서 또 이런 생각이 들더라. 살면서 딱히 이유가 없더라도 다 외로워지는 건가. 외로움은 사람의 본능인가. 싶더라.

어쩌면 사람은 무슨 이유가 있어서 외로운 것이 아니라. 그냥 살아가며 본능적으로 외로움을 배우는 건가 싶더라.

말해줘요.
아직은 내가
어린애라고.

어른이
되려면
아직
멀었다고.

아직 내가 어린 애라고

      네발자전거에서 두발자전거로 넘어갈 때 우리 집 앞 학교 운동장에서 주말마다 자전거를 타면서 넘어지는 연습을 했지만, 결과라고는 겨우 무릎에 까진 자국이 전부였다. 옆집에 사는 친구는 벌써 두발자전거를 탄다고, 그렇게 투덜대면서 속상함에 입을 삐죽 내밀고 있을 때 아빠는 하늘보다 큰 손으로 나의 볼을 감싸며 말했다.

    "괜찮아. 아빠가 뒤에서 넘어지지 않도록 꼬옥 잡아줄게."

    아빠와 자전거 연습을 하러 가는 길은 나 혼자 가는 길보다 훨씬 안심되었지만, 정작 자전거 안장에 올랐을 때에 나는 불안감에 자꾸 뒤를 돌아보았다. 아빠가 정말 내 자전거 뒤편을 꼬옥 붙잡고 있는지. 내가 속도를 맞추지 못하면 아빠의 손이 자전거를 놓쳐버릴 수도 있다는 생각에.

    어느 날에는 소시지 반찬을 먹는 중에 자꾸 어금니가 흔들거리는 것이 불편해서 얼굴을 찡그리며 씹고 있었는데 나를 유심히 바라보던 아빠가 말을 걸었다.

"이빨 흔들리니?"

나는 흔들린다고 말하면 당장이라도 병원에 가야 한다는 생각에 고개를 저으며 말했다.

"아니, 소시지 먹다가 양파 씹어서 그래요."

아빠는 그런 나를 보곤 모든 것을 다 알고 있다는 눈빛으로 안방에서 얇은 실타래를 가지고 와선 문고리에 묶는 것이었다.

"우리 애기, 신기한 마술 보여주려고 그래."

그리곤 입안에 손을 집어넣어 나의 흔들리는 이와 문고리에 묶인 실을 연결했다.

"5초만 이러고 있으면 딸기맛 츄파춥스가 아빠 주머니에서 나오지요."

맞다. 늘 그랬다. 내가 아빠가 뒤에 있다는 생각에 안심하며 열심히 페달을 밟던 그 자전거에서는 뒤를 돌아보니 아빠는 자전거에서 손을 떼고 있었고, 저기 저 멀리에서 나를 향해 손을 흔들고 있었다. 아빠는 그대로 멈추지 말고 달리라며 손을 내 쪽으로 휘젓고 있었다.

소시지를 먹기에 불편한 이가 없어진 순간에는 아빠의 손이 내 이마를 세게 밀치고 있었다. 그리곤 새 이빨이 돋아날 것이라며 나를 향해 손뼉을 치고 있었다. 그리고 그 뒤에는 언제나 아빠의 흐뭇한 미소가 있었다.

하지만 나는 그 순간마다 아빠가 나를 속였다는 생각에 울고 있었다. 먼 시간을 지나 그때의 아빠가 했던 행동이 나를 위했던 것이라 깊이 이해를 했지만 머리가 작은 꼬마였던 나에게는 자전거를 놓아버린, 내 이마를 세게 밀쳐버린 아빠의 손이 매정하게만 느껴졌다. 믿었던 어떤 것으로부터 배신당했다는 느낌을 받았었다.

아, 그치. 늘 그랬다. 어릴 때부터 언제나 시련은 나에게 그렇게 다가왔고 나는 늘 그렇게 헤쳐나갔다. 지금의 나는 아직도 무척이나 어려서 모르고 있는 것일 거야. 아직은 어려서 모든 힘든 순간들에 대하여 나의 노력이 배신한 것이라 느껴지는가 보다. 그때 나를 속인 아빠의 매정한 손처럼 매정하게도 나를 배신했다고 생각되나 보다. 그리고 그 뒤에는 흐뭇하게 나를 바라보는 아빠의 미소가 있을 것만 같다. 그래서 오늘도 버티며 살아야겠어 아빠. 나는 아빠 덕에 혼자서 두발자전거를 탈 수 있었고 아빠 덕에 밥을 먹을 때 꼭꼭 씹어 삼킬 수 있었으니까. 아무도 잡아주지 않는 자전거를 타는 것이 두렵더라도 멈추지 않고 꿋꿋하게 페달을 밟았던 순간과 흔들리는 이가 뽑히는 아픔을 참은 날들이 있었으니까.

그러니까 이번에도 그때랑 다를 것 없다고 해줘요. 그렇게 되도록 해줘요. 하늘보다 큰 손으로 이 두 볼을 감싸 주면서 아직은 어려서 그런 거라고 말이야. 아빠가 늘 뒤에 있어 준다고 말이야. 이 순간이 지나면 딸기맛 츄파춥스보다 달콤한 행복이 있을 거라고 말이야. 후에 지금 이 시련은 나를 성장시켜줄 것이라고. 그러니 지금은 두렵기만 하고 아프기만 한 것이 당연한 것이라고 말이야.

이때는 넘어지는 것이, 흔들리는 것이 당연하다고 말이야. 그렇게 말해줘요. 이 두 볼을 감싸주면서 말이에요.

아버지의 소주잔

아버지의 소주잔은 그 어느 포장마차에 있는 잔보다 무거워서 새벽마다 나의 선잠을 깨울 듯이 요란스러웠다.

탕. 탕. 소리를 내며 비워지는 소주잔의 굉음이 거실을 가득 채울 때마다 채석 현장의 곡괭이질같이 무언가를 캐내려는 것처럼 날카롭게만 느껴졌다. 언젠가 내가 당신보다 힘이 세졌다고 느꼈을 때 즈음에 당신의 어깨를 주무르는 나의 손엔 도저히 힘이 들어가지 않았다. 당신의 어깨와 목 사이에는 바윗덩어리 같은 담이 걸려있었기 때문이다.

아버지. 얼마큼이나 무거운 술잔을 들었던 거야. 아버지가 약해지기라도 한다면 당신을 대신해서 그 술잔을 들 수나 있으려나. 아버지. 무엇을 그렇게 꼬옥 쥐고 섦을만치 놓아버리지도 못한 거야.

아버지가 짊어져 왔던, 짊어지고 있던 삶의 무게 앞에서 나의 힘줄은 도저히 힘을 지어낼 수가 없었다.

누렁이

"엄마, 누렁이가 죽으면 어떻게 해? 강아지는 얼마나 살아? 다음에 왔을 때에도 누렁이는 그대로 살아 있겠지?"

나는 시골집에 들르는 대명절이 오면, 친척들이 한자리에 모이는 것보다 누렁이를 만나는 것에 큰 설렘을 가지곤 했다. 집에서 강아지를 키우지 않던 나는 앙탈스러운 노란색 털 뭉치를 보는 게 그렇게 행복하고 좋았다.

명절이 끝나고 온 식구가 뿔뿔이 흩어질 때에는 제사상에 올라갔던 과일을 가지고 나와, 누렁이에게 주며 내년에 보자는 아쉬운 인사를 나누던 기억이 있다.

오래전, 그러니까 내가 초등학교 4학년이 되었을 때쯤 시골집을 한결같이 지키시던 우리 할머니가 돌아가시게 되었고, 누렁이는 큰아버지 시골댁으로 옮겨지게 되었다. 그때부터 우리는 명절이 되어도 온 친척이 모이는 빈도가 줄어들었고, 매년 볼 수 있던 누렁이를 볼 기회도 그만큼 줄어들게 되었다.

중학교에 올라가기 전 설 명절. 친척들은 오랜만에 한자리에 모이게 되었고 나는 그때 다시 누렁이를 볼 수 있었다. 하지만 그날의 만남은 너무 짧았다. 예전처럼 큰댁에 모여 잠을 자며 명절을 보내지 않고, 간단한 식사와 이야기를 나눈 후 헤어졌다. 나는 누가 말해주지 않았지만 직감했다. 어쩐지 다음번엔 더 오랜 시간 동안 누렁이를 보지 못하고 살아야 할 것 같았다. 아니, 우리가 다시 만날 수나 있을까 하는 생각까지 들었다.

"엄마 우리가 누렁이 데려가서 키우면 안 돼? 그렇게 하자. 응? 내가 밥도 잘 주고 말썽 안 피우게 할게."

이런 나를 보고 어른들은 껄껄껄 웃었지만 나는 창피한 줄도 모를 만큼 엉엉 울음을 터뜨렸다. 그 어떤 것도 할 수 없이 영영 보지 못할 수도 있다는 사실이 너무 슬펐고, 누렁이를 데려가지 않으려는 엄마가 미웠다.

"엄마 누렁이가 죽으면 어떻게 해? 강아지는 얼마나 살아? 누렁이 나이가 어떻게 되지? 어… 나 초등학생 전부터 있었으니까 이제 십 년 넘었겠다. 엄마 다음에 왔을 때에도 누렁이는 그대로 있겠지?"

나는 달리는 고속도로에서 끊임없는 걱정과 질문을 엄마에게 던졌다. 그땐 참 어렸다. 엄마가 뭘 알고 있다고. 하지만 그때의 나에게 엄마의 말은 인생의 해답지와 가깝게 느껴졌고, 그런 엄마에게 "조만간 누렁이를 다시 보게 될 거고, 그때까지 누렁이도 널 기다리고 있을 거야." 따위의 해답을 바라고 있었다. 하지만 엄마가 꺼낸 말은 의외의 것이었고, 그때는 무척 충격으로 다가와 마음을 쿵 때렸다.

"이번에 반에서 1등 하면 강아지 키우게 해줄 수도 있는데."

나는 그 이후로 한동안 엄마에게 마음의 문을 닫고 살았다. 뭐, 얼마 안 가서 풀리긴 했지만. 그땐 나와 누렁이 사이의 끈끈한 정을 무시당하는 기분이었고, 엄마의 그 말이 "애야 누렁이를 다시 보기 힘들 거야."로 들렸기 때문이었다.

시간이 훌쩍 지나, 수험생이 되었던 나는 큰아버지 댁에 결혼식 행사가 있어 들리게 되었다. 참 묘한 기분이 들었다. 시끌벅적 이야기를 나누는 또래 친척들과 어른들을 뒤로하고 마당에 나와 누렁이가 있던 곳을 빤히 바라보았다. 마음의 준비는 이미 하고 있었다. 누구에게 물어보지도, 듣지도 않았지만, 누렁이와 내가 마지막 인사를 나누었을 무렵 누렁이는 이미 노견이었고 시간이 몇 년이나 더 흘렀기 때문에.

누렁이는 내가 고등학교를 입학하기 전에 무지개다리를 건넜다고 했다. 이젠 그걸 이야기하는 사람도, 나도 아무렇지 않았다. 누렁이가 저 자리에 없다는 사실보다 그것이 더 공허한 감정이 드는 일이었다. 그땐 참 소중했는데. 누렁이와 헤어지는 것이 아쉬워서 창피함도 모르고 엉엉 울었었는데. 그래. 그땐 집에 가는 길에도 누렁이 생각만 했었는데.

어쩌면 엄마는 내가 이렇게 될 줄 알고, 나와 누렁이의 이별에 대해 가볍게 생각한 것일 수도 있다. 엄마는 이런 이별을 수도 없이 겪어왔고, 겪어내었기 때문에. 그랬기에 내가 나중에 이별의 사실을 알아도 아무렇지 않을 거라고. 그렇게 가벼운 생각으로 넘겼을 것이다.

그 날, 나는 생각했다. 영원한 이별 앞에서도 사람은 의연해질 수 있구나. 사람이란 것이 그렇구나. 정말 소중했던 것도 시간이 지나면서 무뎌지고, 결국 이별 앞에서 의연해지는 것이 사람이구나. 어쩌면 할머니가 돌아가신 날, 아빠와 큰아빠 그리고 거기 모인 사람들이 고개를 숙였지만, 다음에 만났을 때엔 다시 웃는 모습일 수 있는 이유였다. 사람은 슬픔의 순간을 망각하고, 마음속 이별의 아픔은 무뎌진다. 마치 생물이 진화하듯, 살면서 이별에 저항하는 동물이었다. 꼭 고된 이별을 겪으면서 점점 이별의 슬픔 같은 감정에 저항력이 생기는 것처럼.

어쩌면 그것이 오히려 더 슬프고 공허해지는 일이었다.

그날, 나는 누렁이에게 줄 남은 과일을 찾아 헤매던 어린 나를 누렁이가 잠든 자리에 함께 묻어 두고 왔다. 누렁이도 없어졌고, 누렁이를 애정했던 나도 없어진 날이었다.

아들아 받아들이는 것이 중요한 거야

엄만 나이가 드니까 약 없이는 못 살겠더라. 젊었을 때 좋은 거 많이 먹어둬라. 꼭 어떤 병이 있어서 약을 먹는 것이 아니라 엄마처럼 늙어서 힘들지 않으려면 좋은 거 잘 챙겨 먹고. 진짜야. 아프지 않을 때, 힘이 넘칠 때 잘 챙겨 먹어. 안 그럼 엄마처럼 늙어서 고생하는 거야. 애야 약 살 땐 엄마한테 꼭 물어보고 사렴. 아무리 좋은 약도 흡수를 못 하면 말짱 도루묵이야. 비타민D는 칼슘하고 같이 먹어야 흡수가 된다더라. 알겠지? 뭐든 좋다고 막 먹지만 말고. 엄만 그런 거 하나를 몰라서 평생 바보처럼 겉으로만 약을 먹었다 그래. 중요한 건 얼마나 잘 받아들일 수 있느냐가 중요한 거야. 몸도 마음도. 알겠지? 사랑하는 아들. 건강 잘 챙기고.

야채도 꼭 챙겨 먹어. 야채 먹을 땐 당근하고 오이랑은 같이 먹지 말고.

미안해 엄마

　　내 나이가 엄마가 나를 낳을 때 나이와 같아졌을 때 엄마는 측은한 미소를 띠며 나에게 말했다. 엄마는 나를 처음 본 순간, 내가 엄마의 전부가 될 것이라는 걸 단번에 알 수 있었다고 말이다.

　　사랑하는 우리 엄마. 미안하게도 나는 그 말을 듣고 악몽을 꾸었어. 엄마의 전부가 될 것이라는 걸 알 수 있었다는 그 말이, 내가 엄마의 전부를 가져갈 것이라는 걸 알고 있었다는 말처럼 들려서. 그래서 견딜 수 없었고, 악몽을 꾸었어. 그때 내가 엄마의 눈을 보지 못했다면 엄마의 전부는 엄마의 것이었을까. 엄만 그 젊은 날에 전부를 잃어버리고도 기뻐할 수밖에 없었나 하고 말이야. 처음으로 내 존재가 미워지는 날이었어 미안해.

　　나의 전부를 가져간 사람을 보고도 사랑한다고 꼬옥 껴안아 주는 것이 진짜 사랑이야? 그럼 나는 아직 멀었나 보다 엄마.

돈 벌어올게

　　　울 엄마는 다 쓴 치약 껍데기의 밑동 부분을 돌돌 말아 쥐어짜는 일이 많았다. 나는 그것이 남은 생을 쥐어짜 누런 세월을 닦아내려는 노력처럼 보여서 얼마 남지 않은 치약이 보이면 엄마 몰래 쓰레기통에 넣어버렸다. 오늘은 빵 봉지에 묶여있는 금색 띠를 싱크대 제일 첫 칸에 보관하는 엄마를 보았다. 엄마, 저 금색 띠들이 전부 금반지가 되도록 내가 열심히 돈 벌어 올게. 응? 그러니까 있잖아 엄마. 엄마는 이제 그런 거 안 해도 돼.

우리 엄마 돈 벌어서 호강시켜줄게. 그러니까 엄마는 더 이상 돈을 좋아 한다느니 구두쇠라느니 그런 말 듣지 않아도 돼.

시간 참 빠르다

요즘 시간 참 빠르다. 우리 엄마는 나이를 먹으면 먹을수록 시간이 빠르게 간다고 했다. 엄마의 시간은 내 시간보다 빨라서 내가 어저께 초등학교에 입학한 것만 같다고 늘 그렇게 이야기했다. 하지만 그러면서도 시간은 누구에게나 공평하다고 말했다. 시간은 태어나면서 나와 같은 출발점에서 같은 속도로 달리는 일종의 그림자 같은 것이라고. 하지만 나이가 들어가는 과정에서 나에게는 자꾸만 뒤를 돌아보는 일이 많아지고 그 순간마다 시간이라는 그림자는 나를 앞질러 달리는 거라고. 엄만 뒤돌아보고 후회하느라 시간에 너무 뒤처져버렸다고. 엄마의 시간은 걷잡을 수 없이 앞질러 떠나갔다고. 그랬다.

애야 후회하는 삶을 살지 않을 순 없지만 그 순간마다 시간이 너를 앞지르고 있다는 것을 잊지 말고 살아가렴. 엄만 그 비밀을 이제야 알게 되었단다. 뒤돌아보지 말고 매 순간 앞에 놓여있는 시간을 바라보고 살도록 노력해라. 그래야 조금이라도 시간에 얽매이지 않고 살아간다. 시간이 빠르다는 것은 그것이 정말로 빠르게 가는 것이 아니라 내가 자꾸 뒤를 돌아보는 것이란다.

　어떤 소중한 것을 놔두고 왔기에 그렇게나 돌아보는 것이란다.

어쩔 수 없구나. 나이가 들면 들수록 시간을 겪으면 겪을수록 후회한 일들이 쌓여만 가는구나.

5월 5일

엄마 아빠의 영원한 어린이 영욱! 어린이날 축하
한다 이번집에올땐 예배보니 말씀듣고 준비하고 오렴

우리 아빠의 문자

2.

사랑하느라
참 애썼다.

그것으로
되었다.

나는
너의 길을
잠시
멈추게 할

예쁜 것이
되고 싶다.

내가 사랑하는 사람이 사랑하는 사람

사랑을 하는 사람에게는 한 가지 징후가 생긴다. 사랑하는 상대가 사랑하는 것을 사랑하게 된다. 사랑에 사랑이 꼬리를 무는 것이다. 사랑하는 사람이 좋아하는 사람이 좋고, 그 사람이 소중히 하는 물건을 소중히 여기고 싶다. 그 사람이 좋아하는 음악이 궁금해지고, 그 사람이 좋아하는 음식을 함께 먹고 싶어진다. 어쩌면 너무도 당연한 이치이다.

하지만 그러한 이치와는 반대되는 마음도 있다. 대부분 사랑하는 사람이 사랑하는 것을 사랑해줄 마음은 가지고 있지만, 사랑하는 사람이 사랑하는 나 자신은 사랑해주지 못한다. 그러기에, 애초에 내 안에 있는 사랑을 분출하기 위하여 줄 대상을 찾아다니는 것일지도 모른다. 사랑을 나에게 줄 수는 없었기 때문에.

그렇게 사랑을 줄 곳이 상대 하나에 집중되어 있기 때문에, 가끔은 선을 넘어서기도 하고 어쩌면 다소 부담스러운 마음이 지속적으로 상대에게 전달된다. 집착으로 이어지기도 하며, 끝내 상대가 사랑하는 것까지 질투하게 된다. 어느 새 자신이 사랑을 가장 많이 주는 사람이 되어야 하고, 또 주는 만큼 돌려받는 사람이 되어야 한다. 내가 모든 것을 바치는 그 마음을 다 흡수해주지 못하는 상대가 미워지고, 그럴수록 상대는 방어적인 태도를 보이게 된다. 사랑이란 감정이 충족으로 변질되는 것이다.

우리에게는 누군가를 사랑하기 전에 준비해야 할 마음이 있다. 사랑을 듬뿍 받을 용기, 그리고 내 안의 마음을 떼어 줄 수 있는 용기 이외에도 '상대가 사랑하게 될 나에게 사랑을 나눠줄 용기'이다. 스스로에게 사랑을 나눠줄 용기가 나지 않은 채 시작하는 사랑의 종점은 대게 비참하기 마련이다.

상대에게 내 모든 마음을 주려고 하면서, 또 상대에게 그만큼의 마음을 되돌려 받길 원하게 되기 때문에. 마음을 줄수 있는 대상이 상대 하나이기 때문에, 또 비어버린 마음을 채울 수 있는 수단이 상대 하나이기 때문에.

사랑하는 사람을 사랑하기 이전에 사랑하는 사람이 사랑해 줄 나를 꼭 사랑할 것. 조급해지지 않도록, 또 그것으로 인해 상처받지 않도록. 삐뚤게 미워지지 않도록. 조금 더 안정적인 사랑을 하기 위하여. 사랑을 하기 전에 가장 먼저 염두에 두어야 하는 마음가짐일 것이다.

곁

"작년 겨울엔 수도관이 얼어서 고생을 좀 했어요. 그 추운 날씨에 한 번 얼어버리면 녹이는데 시간이 무척이나 많이 걸리더라고요. 그래서 알아요. 무언가 언다는 게 얼마나 불편한 마음인지. 한 번 얼어버리면 손쓸 방법이 많지 않다는 것도 알고요."

두 달 전쯤, 그러니까 때는 한창 겨울이었고 그중에서도 티비나 라디오에서 유난히 한파라는 단어가 많이 들리던 시기에 만난 사람이 있다. 우리는 처음 만난 이후로 쭉 알아가는 관계라고 생각했다. 적어도 나에게는 말이다.

나는 우리가 만난 계절처럼 그가 참으로 겨울 같은 사람이라 생각했다. 무엇을 하던 흐리멍텅한 초점을 하고 있었고, 대부분을 이런 대화에는 흥미가 없다는 듯한 통명한 표정을 일삼던 차가운 사람. 참으로 겨울에 어울리는 그런 사람. 하지만 가끔씩 보여주는 그 미소에는 전혀 다른 따뜻한 계절이 들어가 있었다. 그래서 생각했다. 아, 이 사람 원래는 겨울과 거리가 먼 사람일 것이라고 말이다.

자세히 묻지도, 듣지도 못했지만, 얼마 전쯤. 그러니까 시간으로 얼마 전쯤이라기보단 시간이 제아무리 흘렀다고 하더라도 마음으로 느끼기에는 얼마 전이라고 생각되는 그 정도의. 그 사람에게 어떤 슬픈 일이 일어나고부터 마음에 서부터 추운 겨울을 맞이했으리라 생각했다. 그래서 그에게 서 그렇게도 겨울 같은 분위기가 풍기는 것이라고 말이다.

"그래서 이번 겨울에는 작년 겨울과는 다르게 고생하지 않으리라 마음먹고 수도관 동파를 예방하기 위해 여러 방법 을 썼죠. 그 방법 중에 하나는 따듯한 라디에이터를 수도관 곁에 두는 것, 또 나머지 하나는 물이 방울방울 떨어지도록 약간이라도 틀어놓는 것. 얼지 않도록 곁에서 데워주거나, 물을 흐르게 두는 거예요. 흐르는 물은 쉽게 얼지 않는 법이 거든. 마음을 틀어놓는다는 게 얼마나 중요한 일인지 알아 요? 흐른다는 것은 썩지 못하고 얼지 못한다는 거예요. 그 래서 나는 당신이 조금이라도 마음을 틀어놓으면 좋겠다고 생각했어요. 여러 사람도 만나보려고 하고, 귀찮더라도 나 가서 이곳저곳 돌아보기도 하고 말이에요. 억지로라도 웃 음을 지어보기도 하고 말이야. 당신 마음, 그러다 걷잡을 수 없이 얼어버릴 것만 같아서 그래. 무척이나 차갑다는 것이 마음에서부터 전해져."

그는 나의 말에 고개를 끄덕이며 동의했지만, 그 끄덕임

은 차가운 날씨에 몸이 굳어버린 것처럼 삐걱거림과 떨림이
가득 차 있었다.

"그래, 차갑다는 말은 맞아요. 근데 이미 걷잡을 수 없이
얼어버렸으면? 그때는 어떻게 해야 할까. 틀어놓는다 해도
이미 얼어버린 마음이라서 틀어놓을 구멍조차 보이질 않는
마음일 때, 그땐 어떻게 해요? 기분 나쁘거나 그렇진 않아
요. 당신이 나를 차가운 사람이라 느낄만해요. 근데요, 어쩔
수 없어요. 이미 얼어버린 나도 답답해요."

"…곁이라는 거, 그게 무슨 의미인지 알아요?"

"곁? 가까이 둔다는 거잖아요. 그게 왜요?"

"맞아요. 곁이란 것은 가까이 두는 거예요. 겨드랑이 밑
을 곁이라고 부른다 하더라고요. 곁에 둔다는 것은 겨드랑
이 밑에 두는 것과 같이 가까이에 사람을 둔다는 거예요. 내
가 아까 수도관의 동파 예방법으로 라디에이터를 수도관 곁
에 둔다고 한 말 있잖아요, 사실 예방법이기도 하지만 얼어
버린 수도관을 며칠 내로 녹일 수 있는 처방전이기도 해요.
얼어버린 당신 마음, 틀어 놓을 여유가 없다면 이쪽으로 좀
와봐요. 얼어버린 그 마음 천천히 녹여줄게. 그렇게 녹아내
려서 당신 마음, 틀어놓을 정도가 되면 그땐 당신이 선택해
도 돼요. 이 사람 곁에서 조금씩이라도 마음을 틀어볼지, 아
니면 따뜻한 어떤 것을 다시 곁에 두기 위해 떠나버릴지. 무

슨 선택을 하든 간에 난로처럼 곁에 있을게요. 너무 가깝지
도, 멀지도 않도록. 좋아한다는 말이에요."

내가 곁에 있을게요. 좋아해요.

하필이면

우리 하필이면 사랑을 해봅시다. 그냥 지나쳐도 될 우리겠지만 하필이면 서로 부둥켜안고 살아봅시다. 수많은 함박눈 속에 하필이면 어떤 눈이 내 볼에 닿아 숨을 죽이는 것처럼. 수많은 바람 속에 하필이면 어떤 바람이 옷안으로 들어와 살결을 스치는 것처럼. 어쩌면 같이하지 않아도 될 것들을, 같이 하지 않았을 법한 것들을 하필이면 우리 같이 하고 살아가자는 겁니다.

그러고 난 후에 우리가 멀어진다 해도 나는 하필이면 당신을 만나서라고 하지 않을 테니까, 하필이면 왜 당신을 만나서라고 하지 않을 테니까. 그러니까. 지금만큼은 하필이면 내 마음을 받아주었으면 하는 마음이란 겁니다.

하필이면 어떤 함박눈이 볼에 닿아 숨을 죽이는 것처럼, 하필이면 서로에게 닿아 숨을 죽이는 것. 하필이면 어떤 바람이 안에 들어와 살결을 스치는 것처럼 하필이면 서로의 안에 들어가 맞닿아 살아가는 것.

기억해주세요

형아. 오늘 하굣길엔 함박눈이 펑펑 내려서 학교 주변이 온통 하얬어. 집에 가는 길엔 애들이 가기 전에 놀고 가자고 했는데, 나는 이삿짐 정리 도우러 가야 한다고 마지막 인사를 하고 뛰쳐나왔지. 그 애는 종례시간이 끝나자마자 후다닥 집으로 가버리거든. 마지막인데 혹시라도 마주치지 못할까 나도 빨리 뛰쳐 나갔지. 그리곤 어딜 그렇게 바쁘게 가는지 총 총 걸어가는 그 애를 따라잡아서 잠바에 있는 모자에다가 뭉친 눈을 한주먹 집어넣었어. 헤헤. 화들짝 놀란 토끼 눈으로 나를 쳐다보는데 너무 귀여워서 말이 안 나오는 거야. 그대로 혀를 쭉 내밀었지. 메롱. 이렇게.

아냐, 나는 이제 됐어. 이사 가기 전에 꼭 하고 싶은 말이 있었지만 이제 됐어. 기억해달라는 말은 잊어버리기 딱 좋을 것 같잖아. 말하진 못했지만 나는 다 말했어. 그 애는 이제 눈이 오는 날 그 골목을 지나가며 나를 떠올려 줄 거야. 아 그때 그 아이. 내 잠바 모자에 눈을 한움큼 집어넣고 도망갔던 그 아이. 그때 이후로 통 보이지 않는 그 아이. 마지막에 조금은 슬픈 웃음을 짓고 도망갔던 그 아이. 이렇게 말이야.

형, 지금 생각해보면 되게 바보 같지 않아? 좋아한다고 그냥 말하면 될걸. 방학이 시작되는 날 젖은 옷을 입고 집까지 걸어가야 했던 그 애는 아마 나를 최악의 친구로 기억하고 있을지도 몰라.

다시 만나면, 사과하고 싶어. 그리고 많이 좋아했다고 말할 거야.

오직 당신

"춥다." 몸을 웅크리며 내 옆을 걷던 그 애가 말했다. 오랜 시간을 함께했지만, 여전히 표현에 서툴러서 먼저 손을 잡지 못하는 사람. 선뜻 먼저 다가와 안아주지 못하는 사람. 예를 들면 "떡볶이 먹고 싶다."라는 쉬운 말도 매콤한 것이 먹고 싶지 않냐며 되려 나에게 물어보곤 했다. 가끔 내가 그 의도를 알아차리지 못해서 무심한 듯 답하면 금세 속으론 뾰로통했던 적이 한두 번이 아니었을 것이다.

하루는 그 애가 퇴근을 하고 술이 마시고 싶다고 말을 한 적이 있다. 술을 즐겨마시지 않는 그 애는 그날따라 연거푸 두 잔을 들이키고 정말이지 죽고 싶다는 말을 서슴없이 내뱉었었다. 난 그 애의 표정을 한 번 훑어보고 잔을 부딪쳤다.

"다 그렇게 사는 거지."

분명 죽고 싶다는 말이 그 의미 자체의 죽음을 의미하는 것은 아니었을 것이다. 그렇다고 죽고 싶다는 표현보다 조금은 가벼운 표현으로 힘들다는 막연한 투정을 한 것도 아니었을 것이다. 그때에 나는 그렇게도 몰랐겠지만, 죽고 싶다는 말은 행복하게 살고 싶다는 다짐과 한숨이었을 것이다.

그날 거리에서 춥다는 말과 함께 뿜어져 나온 그 애의 한숨은 평소의 한숨보다 갑절은 짙었다. 하지만 나는 어리석게도 춥다는 그 애의 말에 "그러게."라고 답했다.

우리가 사는 세상이 그러하다. 죽고 싶다는 말은 그 말 그대로의 죽고 싶다는 말이 아니라, 이제는 행복하게 살고 싶다는 소망이다. 헤어지자는 말은 더 사랑받고 싶다는 것이며, 춥다는 것은 따뜻해지고 싶다는 바램이다.

나는 그 아이가 어느 날인가 쉽게 뱉어냈던 헤어지자는 말에도 사랑한다며, 그 애의 집 앞으로 달려가 있는 힘껏 안아주지 못했다. 나는 그 여느 날과 같이 그 애에게 눈치가 없는 사람으로 남겨졌던 것이다. 춥다고 말하는 그 애의 손을 이 차가운 손으로나마 꽉 잡아주었다면, 죽고 싶다는 그 애의 말에 내가 옆에 있어줄게 라며 좁은 어깨라도 내어줬더라면, 헤어지자는 말 한마디에 서슴없이 집 앞으로 달려갔더라면. 그랬더라면 어땠을까. 사랑은 언제나 후회를 남긴다. 이기적이게도 후회를 남긴다는 것이 때로는 그만큼 성장했다는 것을 의미한다고 믿었다.

다음 사랑이 있다면, 그 애에겐 해주지 못한 많은 따뜻함을 말해주고 싶다. 내가 이 후회로 인하여 배운 것들로 말이다.

　아, 이런 생각을 하는 도중에도 마음 두 켠 즘에는 그 아이가 떠오른다. 나는 오늘 다음 사랑을 이야기했지만, 다음 사랑이 있다면 그 사랑은 다름 아닌 당신이었으면 하는 나의 마음. 다음 사랑은 한 겨울밤 군고구마처럼 따듯한 온기로 대해주고 싶다. 당신, 당신에게로 달려가 따듯한 온기가 되어주고 싶다는 말이다.

　당신의 삶을 거울을 그리고 멀어짐을 이해하지 못한 이 못난 나의 사랑일지라도 다시 한번 달려가 따듯한 온기가 되어주고 싶다. 당신만 허락해 줄 수 있다면 말이다.

그런 마음으로

직접 마주치지 못했더라도 안에서부터 알게 되는 미묘한 마음이 있다. 이름은 알지 못하지만 흘러오는 음은 익숙한, 오랜 삶의 팝송처럼, 알을 깨고 나온 새끼 거북이가 제 길을 스스로 찾아 바다로 나아가는 것처럼. 나는 그런 미묘하고 기적 같은 익숙함으로 당신을 찾아 흥얼거렸다. 잠시 퍼질 뿐이라도 또다시 찾게 될 캐롤처럼. 올겨울 내내 흥얼거렸다.

미묘하고도 기적 같은 마음으로 사랑이라 불리울 것만 같은 당신을 사랑해야지. 그것이 비록 한순간이라도 계절 전체를 노래하는 마음으로. 닿을 수 없다고 하더라도 언젠가 닿을 것만 같은 마음으로. 그렇게 사랑해야지.

미워도
사랑이면
좋겠다.

사랑이라
미워지는 건
어쩔 수
없더라.

고칠 수 없는 불안함

나는 당신이 나를 사랑하는 것이 아닌 사랑이라는 감정을 나에게 쏟는 것에 가깝다는 생각이 들어서 늘 한쪽 마음이 불안했다. 당신은 나 자체의 존재보다 사랑이라는 감정을 무척이나 좋아하는 사람이라고 말이야. 그 대상이 단지 나일 뿐이라고 말이다. 당신이 맛있는 음식을 앞에 두고 다음엔 무언갈 먹으러 가자고 말하고 있었을 때 나는 당신이 이 음식을 좋아하기보단, 먹는 것 자체를 좋아하는 사람이라고 생각이 들었다. 또 좋은 곳으로 여행을 왔음에도 다음번에는 어디로 가보자고 말할 때엔, 이곳을 좋아하기보단 여행 자체를 좋아하는 사람이라고 생각했다. 당신은 늘 무엇을 하면서 다음을 약속하고 있었다. 나에게는 당신의 그런 습관들이 두렵게만 다가왔다.

나의 당신. 그래서 나는 복에 겹게도 이런 걱정을 했다. 언젠가는 사랑한다는 말을 던져놓고 나를 떠날 것만 같구나. 늘 그래왔던 당신의 습관처럼 사랑 또한 너의 머릿속에선 다음을 예고하고 있진 않을까 하는 생각에 말이다. 나는 이렇게 망상을 품고 매번 상처받아 힘들어하는 사랑이 싫다. 내가 사랑하는 것은 오직 당신뿐. 그래서 나는 당신 다음을 약속할 수가 없다. 내게 다음 사랑은 있을지언정 다음 당신은 없다는 것이 또 나를 아프게 했다. 또 이 아픔이 당신의 잘못이라고 말할 수 없다. 그래서 나는 나의 이 불안함을 티 낼 수도 없는 것이다. 당신에게 어떻다고 요구할수도 없다. 이런 것들이 나의 숨을 턱 막혀오도록 만드는 것이다.

당신은 나와 함께하고 싶은 마음으로 그렇게나 다음을 약속하였다 하더라도 나의 사랑하는 불안함은 어쩔 수 없는 것이었다.

녹아내린 사랑

초콜릿이 왜 쉽게 녹는 줄 알아요? 초콜릿에 들어 있는 코코아 버터가 사람 체온에서 녹는점을 가지고 있다고 해요. 그래서 입에 들어가거나 몸에 닿으면 그 적은 체온에도 쉽게 녹는 거래요. 단 것들은 대개 잘 녹아요. 설탕도 그렇고 솜사탕도 그렇잖아요. 쉽게 녹아내리고 흘러내려요. 그래서 나는 생각했어요. 당신이 말한 달콤한 말들에는 어떤 것이 그렇게 들어있어서 쉽게 녹아버리고 흘러버리는 것일까 말이에요.

"사랑해."

당신이 어젯밤에 귓가에 속삭인 달콤한 말들이 단지 겨울이 가고 날이 따뜻해진다는 것만으로도 부질없이 녹아버릴 것만 같아요. 녹은 초콜릿이 몸에 잘 묻는 것처럼 녹아버린 그 달콤한 문장들만이 내 몸 구석구석 진하게 묻어있을 것 같아요. 그리곤 실체는 없는 거죠. 그 자국과 향만이 가득하게 남는 거예요.

나 외로워서 만나는 거 아니죠? 생각해봤는데, 외로움

을 품고 있는 사랑은 사람 체온에서 녹는점을 가지는 거 같아요. 그 맛이 참 달콤해서 나도 모르게 속아버리는 거에요. 뒤돌아서 보니 뜨겁게만 느껴졌던 사랑 때문에 쉽게도 녹아버리는 관계 말이에요. 흘러내리는 부질없는 관계 말이에요. 조금만 지나면 참 허무하게도 형체를 알아볼 수 없게 될까 봐. 그 자국과 향만 가득히 남게 될까 봐.

나 외로워서 만나는 거 아니라고 말해줘요.

조심히 사랑하라

청춘에게. 무언갈 사랑하려거든 조심히 사랑하라. 사람도, 일도, 물건도. 사랑한다는 것은 일종의 그림자를 하나 달고 사는 것이다. 그것으로 인해 나의 마음이 형상화되고, 얼핏 나를 알아볼 수 있게 되는 그런 것이다. 그만큼 나를 상징하게 되는 것이지만 내가 그것을 상징하는 것이지, 그것이 나를 상징하게 되면 옳지 못한 것이다. 그림자가 나를 따라다니는 것뿐이지, 내가 그림자를 따라다니는 꼴이 되면 안 되는 것이다.

사람을 너무 사랑해 나를 두고 남을 더 사랑하면 안 된다. 일을 너무 사랑해 일속에 삶을 가둬두면 안 된다. 물건을 너무 사랑해 물건에 휘둘리며 사는 사람이 되면 안 된다.

함부로 사랑하게 된 순간, 자신이 아닌 그것을 위해 내가 존재하기 쉬워지기 때문이다. 사랑은 아름다운 것이지만 그것에 혹하지 않도록 늘 조심히 다루고 살아갈 것.

보고 싶다
할 용기도,
서운해 할
자격도,

그렇다고
미안하다고
할 이유도
없는 사이.

파도의 사랑

"파도 소리 너무 좋다."

우리는 파도가 치는 해변 앞에 서 있었다. 그 아이는 세
차게 부는 바닷바람을 두 팔 벌려 맞이했다.

"바람도 참 시원하고 좋아. 가슴이 뻥 뚫리는 것 같아. 고
마워 여기에 데려다줘서. 너 같은 친구를 둬서 다행이야."

그러곤 중력에 끌리는 것처럼, 쓸려가는 바닷물에 끌려
한 발자국 두 발자국 걸어가는 것이었다. 밀려옴과 쓸려감
을 반복하는 바닷물이 마치 들어오라는 손짓이라도 되는 것
처럼, 그 아이는 끌려 들어갔다. 그리곤 파도가 저 깊이 쓸
려 들어갈 때까지 발자국을 멈추지 않았다.

"앗 차거."

저 끝까지 쓸려간 파도가 다시 밀려옴에 따라 그 애의 발
을 적시는 것이었다. 그 아이는 순간 환각에서 풀린 것처럼
정신을 차리고 뒷걸음질 치기 시작하였다.

나는 생각하였다. 그때 밀려오면서 해변 바닥에 부딪힌 파도 소리가 울음이라고 말이다. 언어를 구사하지 못하는 어떠한 짐승 같은 것이 무언가 갈구할 때에 내는 울음소리와 비슷했기 때문이다. 철석 철석. 떠나가는 그 아이의 발걸음을 보며 돌아오라 돌아오라 말하는 것 같았다.

　동네 친구는 나에게 말했다. 너는 술만 먹으면 나의 사랑은 파도의 사랑이라 주절주절하는 버릇이 있다고 말이다. 파도의 사랑. 그래. 나는 파도의 사랑을 했다. 내가 그 아이에게 마음을 보낼수록 그 애는 밀려오는 파도를 피해 도망가듯, 나에게서 멀어지기 시작하는 그런 파도의 사랑. 그 아이는 나에게 다가왔지만, 나의 마음에 흠뻑 적셔질 용기가 없던 것일까. 내가 그 애에게 사랑으로 다가갈 때쯤엔, 점차 떠나가는 발걸음을 보게 되었고 나는 멀어져 가는 그 아이를 보며 할 수 있는 것 하나 없이 목 놓아 울어야만 했다.

　철석 철석. 나는 목놓아 울어야만 했다.

나는 감히 닿을 수 없었던 사람.

감정낭비

　　예전에는 전혀 와닿지 않았던 감정 낭비라는 말. 요즘에서야 뼛속 깊이 실감한다. 언제는 시간 낭비라거나 돈 낭비라거나 이런 말들을 써가면서 내가 가진 것이 자주 아깝다는 생각이 드는 순간들이 있었다. 감정 낭비도 이와 같이 아깝기만 한 내 마음을 상대에게 쏟아내야 할 때 감정 낭비라고 하는구나. 이런 생각을 해왔다.

　하지만 낭비라는 개념은 내 생각과는 사뭇 다른 느낌이 있었다. 아깝다는 생각이 드는 순간 낭비를 한 것이 아니라는 것. 나는 많이도 놓치고 살았다. 아깝다 생각이 드는 것은 단순히 내가 가진 시간을, 돈을, 마음을 쏟아부을 준비가 되지 않았을 뿐이지 정확히는 낭비라는 개념이 아니었던 것이다.

　흔히들 좋은 식재료를 두고 '버릴 것이 없는'이라는 수식어구 붙이곤 하는데 그동안 나의 마음은 쓸만하지 못한 식재료였을까 생각이 드는 마음. 둘의 관계에서 나의 마음은 버릴 것이 가득했다. 누구를 위해 마음을 손질하는 동안 나가떨어진 행복이 너무도 많다. 나는 맛있게 먹어주지도 않을 손님을 위해 나의 마음을 도려내고 도려내어서 기별이 가지 않는 대접을 하는 것이다. 상대도 나도 만족하지 못하는 대면이 자주 있었다. 그것이 감정 낭비였구나 생각했다.

하지만 그때에 나는 그것이 낭비라는 것을 깨닫지 못했고 열심히 사랑하는 줄로만 알았다. 내가 열심히 다듬어서 주면 만족해줄 거라고 굳게 믿었기 때문에. 다시 그만큼 되돌아올 줄로만 알고.

뒤돌아 생각해보니 아, 그것이 낭비라는 것을 알게 되었던 것이지. 그래서 감정 낭비라는 것이 무섭다. 그때의 나에게 전부였던 마음이 결국은 상대에게도 나에게도 별 볼 일 없는 마음이 되는 것이기 때문에. 결국은 내가 사랑한 것이 무엇일까 하는 공허함과 또 누구에게 나의 마음을 도려내야 할 날이 올까 하는 두려움이 먼저 생기는 것이기 때문에.

나는 무엇을 사랑한 것일까. 무엇을 위해 나의 마음 구석구석을 잘라내어서 보내주었나.

원피스

정아는 연노란색 원피스와 연분홍색 원피스를 두고 고민을 하였다.

"봄에 입을 건데 어떤 옷이 더 이쁠 것 같아? 연노란색은 너무 어린 것 같기도 하고… 벚꽃이 피는 계절인 만큼 분홍색이 어울릴 것 같고… 자기는 어때?"

"음… 나는 연노란색 옷이 어울릴 것 같은데? 아기 새같이 삐약삐약 할 것처럼 귀엽잖아."

"치, 난 귀여운 거 싫어. 어른스럽게 보이고 싶단 말이야."

나는 속으로 알고 있었다. 정아는 이미 연분홍색 원피스를 마음에 들어 한다는 것을. 정아는 언제나 자신이 이미 마음속으로 정해놓았지만, 확신은 없어 나에게 어떤 것이 좋을지 물어보곤 했기 때문이다. 나는 그날 연노란색 원피스를 입고 있는 정아의 모습을 상상했다. 그러곤 혼자 실실 웃고는, 쓰다듬어주고 싶다는 생각을 했다.

"연노란색 원피스를 입으면 참 귀여울 거야. 하지만 네가 연분홍색 원피스가 마음에 들었다면 나는 그게 더 좋아. 생각해보니 그게 더 잘 어울릴 것 같아 정아야."

정아가 연노란색 원피스를 입는 일은 없을 것이기에, 나는 그저 그것을 입은 정아의 모습을 상상하는 것에 그쳐야만 했다.

정아와 나는 서로에게 기대는 일이 많았고, 그만큼이나 사소한 것에서부터 서로에게 자문을 구하는 일이 잦았다. 어떤 옷을 어떤 색으로 사야 하는지, 어떤 영화를 봐야 하는지, 어떤 곳에 여행을 가는 것이 좋을지. 다소 무거운 것들까지도 우리는 함께 고민했기에 깊게 기대고 있는 사이라고 생각했다. 어떤 진로를 선택해야 하는지, 또는 어떤 사람을 잘라버려야 하는지.

하지만 그때마다 정아는 결국 자신이 마음속으로 정해놓은 길로 향했고, 자문을 구하고 싶은 것이 아니라 자신이 결정한 것이 맞다는 것을 확신 받고 싶을 뿐이었다.

어느 날은 정아의 얼굴엔 지칠 대로 지쳐 보이는 기색이 역력했다. 정아는 그날 우리의 관계에 대하여 어떻게 해야 할지 모르겠다며 이대로 가는 것이 맞을까라는 물음을 던졌다. 그 말을 꺼내는 입술에는 망설임이 가득하였다. 마음은 이미 나를 떠났겠지만, 확신이 부족한 탓이라고 생각했다.

그 순간 나는 와르르 무너져 내렸다. 원피스를 고르지 못해 고민하던 정아에게 답을 해주기 위해 상상을 했던 것처럼 정아의 물음에, 나라는 사람에서 정아라는 사람이 없는 것을 상상해보았기 때문이다. 그 순간 나는 빛이 하나도 없는 검은 우주에 나뒹구는 비행사가 되었다. 나는 먼지가 되어 따뜻한 별에서부터 멀어지고 있었고, 멀어질수록 온기가 없는 시체처럼 마음에 핏기가 돌지 않아 하얗게 변해버렸다.

　　정아에게는 분명 확신은 없었겠지만, 정아는 결국 마음이 향하는 곳으로 갈 것을 알고 있었기 때문이었다. 정아의 물음은 곧, 나를 떠나야겠다는 것을 가리키고 있었다.

　　맞아, 정아는 나를 떠날 것이야. 결국 정아의 종착역은 이미 나란 사람이 없는 곳으로 향할 것이야. 단지 확신이, 확신이 부족한 탓에 나에게 자신이 맞는다고 말해 달라 조르고 있는 것이야.

　　나는 슬프지만, 이번만큼은 정아에게 확신을 주어야겠다고 생각했다. 어차피 떠날 것이라면, 단 한 번이라도 정아가 향하는 곳을 응원해주어야겠다고 말이다. 무척이나 어렵지만, 무척이나 아프지만, 그것이 내가 할 수 있는 것의 마지막이라고 생각했기 때문에.

　　나는 그날 정아의 선택을 응원하기로 마음먹고, 미련 없이 그 자리를 떠나야만 했다. 나는 아무 미련 없이 떠나주는 것밖에 할 수 없는 무기력한 사람이었다.

하지만 정아야. 아무것도 할 수 없는 나겠지만, 나는 언제나 너의 선택을 응원할게. 연분홍색 원피스가 참 어울리는 사람아.

우리에 대한 확신이 부족했던 사람. 그러기에 더욱이 나는 당신이 가는 길을 응원하겠다. 나에게는 무척 힘든 일이겠지만, 너무도 버거운 선택이겠지만.

소중했거나 부질없거나

이사를 하며 베란다 선반에 있는 물건들을 옮기던 중, 도저히 손이 닿지 않는 곳에서 작은 상자를 발견했습니다. 그 상자에는 옛 물건들이 있었습니다. 특히나 어릴 적에 모았던 스티커가 붙어있는 책받침 하나가 눈에 들어옵니다. 책받침을 보며 생각합니다. 참 그때에는 저 스티커들 모으려고 별짓을 다 했었지 싶고, 고작 이런 걸 신줏단지 모시듯 소중하게 생각했을까 싶은 이런 생각들 말입니다. 먼 시간을 지나 지금에서야 그때의 행동을 후회하는 감정은 아닙니다. 단지, 부질없는 것들이었다 정도. 시간이 지나면 어차피 까먹어 버릴 것들이었구나. 결국, 시간에 묻혀 어디 있는지도 까먹고 살 것들이었구나 하고 말이죠. 그러면서 헛웃음이 나옵니다. 하긴, 뭐 그땐 소중했으니까 된 거 아니냐 하면서. 그래도 이렇게 이사할 때 한 번씩 보며 옛 생각 나게 해주니 좋다 하면서. 이중적인 마음이었습니다. 참, 그러고 보니 이번이 처음은 아닌 것 같습니다. 분명 전에 이사할 때도 그랬던 거 같고… 지금 이 상황이 어쩐지 데자뷰 같이 느꺼집니다.

　아, 물론 이게 책받침 이야기만은 아닙니다. 어쩌면 한동안 잊고 살았던 나의 소중했던 당신의 이야기 거나 사랑이라 불리는 것들의 이야기일 수도 있겠습니다. 내 마음을 옮길 때마다 저기 보이지 않는 구석에 있다가 뜬금없이 찾게되고 생각나는 기억들이 있습니다. 소중했거나 부질없거나 하는 것들 말입니다.

　나의 마음은 누군가에게 옮겨갈 때마다, 생각나는 추억 같은 것이 꼭 있습니다. 아 그땐 그랬지 하고, 벌써 이렇게 시간이 흘렀구나 하고, 그런 것들 전부 그땐 소중했거나 지금은 부질없어진 것들이겠죠.

나의 사랑은
목차 따위
없는
책을 닮았다.

나의 사랑
그 어디를
펼쳐본다
해도
첫 페이지는
항상
너였다.

당신의 자국들

　　오랜만에 나선 카페에는 당신이 즐겨마시던 티라
미슈 라테를 추천해주는 카페 주인장이 있었고, 라면을 사
러 들어섰던 마트에는 당신이 좋아하던 인스턴트 크림수프
가 내 어깨높이에 걸려있었다. 머리를 자르러 들어섰던 미
용실에는 당신이 좋아하던 스타일을 추천하는 미용사, 집으
로 돌아오는 2호선 열차 내가 앉은 자리의 맞은편에는 당신
이 사고 싶다 말했던 운동화를 신은 사람이 앉아있었다. 새
로운 시작을 뜻하는 2018년 달력 곳곳에는, 당신과 챙겼던
기념일의 날짜가 나의 눈을 멈춰 서게 했고, 오늘 집 문 앞
에 붙어있는 전단지는 당신이 즐겨먹었던 떡볶이집의 전단
지가 붙어있다.

　　나는 잊고 지낼 것만 같았던 당신을, 세상이 그렇게나 기
억하고 있는 날이 무던했다. 조용한 새벽에 노크를 하며 돌
아가는 시곗바늘 소리처럼 선명했고, 어디선가 겪었던 것만
같은 느낌의 데자뷰처럼 낡은 기억이었다. 온 세상이 당신
을 기록한 수첩처럼 한 장 한 장 쉬이도 읽히던 날, 여러 모
습의 당신들에게서 벗어날 수 없어서 세상을 지우고만 싶었

던 그런 날들. 지우려고 해도 자국이 남아 형태를 알아볼 수 있을 것만 같은 연필 자국처럼 꾹꾹 눌러 담아 적어갔던, 당신에 대한 모든 자국들.

나는 당신을 잊는다 하여도, 세상이 당신을 전부 기억하고 있을 것만 같은 날들이 무던했다. 당신이 나의 세상이었기 때문에. 세상이 나의 당신이었기 때문에.

돌아본다는 것은

　　뒤를 자주 돌아본다는 것은 소중한 것을 남겨두고 나아간다는 뜻이라고 생각했다. 그래서 네가 떠날 것만 같은 날이면, 너의 등을 나의 가슴으로 꼬옥 안아주는 일이 많았다. 무엇을 그렇게나 남겨두고 떠나려는지, 네가 고개를 뒤로 돌리는 일이 잦은 날에는 굳이 돌아보지 않아도 느껴지게끔 너의 뒤를 꼬옥 안아주는 것이다.

　　네가 더 이상 뒤를 돌아보지 않던 날을 기억한다. 여느 날과 같이 꼬옥 감싸 안아주려는 나에게 등을 내어주지 않았고, 돌아보지도 않은 채로 매정하게 성큼성큼 걸어나갔던 사람. 그런 네가 떠나간 거리를 두고 집에 돌아가는 길에 나는 무척이나 뒤를 돌아보며 울었다. 그때 처음으로 알게 되었다. 뒤를 자주 돌아본다는 것은 남겨둔 것이 아니라 남겨진 것이라는 것을 말이다. 돌릴 수 없는 시간과 사람을 품고 있는 것이다.

　　가장 사랑했던 당신, 나의 시절아. 요즘은 내가 자주 뒤돌아볼 때면 그때의 너에게 했던 등을 꼬옥 안아주는 행동과 같이 나의 등을 꼬옥 감싸 안아주는 사람이 생겼다. 그래서 묻고 싶어. 당신은 그때 어땠는지 말이야. 지금, 나와 같은 기분이었는지. 그 이후로 어떻게 됐는지. 너를 그렇게나 돌아보게끔 만든 그 사람과 만났으면 싶어서. 네가 행복했으면 싶어서 그래. 그러면 더 이상 내가 뒤를 돌아보지 않아도 될 것만 같아서. 내가 당신에게서 걸어 나올 수 있을 것만 같아서.

그때의 내가 했던, 등을 꼬옥 안아주는 행동의 의미를 당신은 이미 알고 있었을까. 다 알고 있었으면서도 나에게 등을 내주었던 것일까 같은, 이제는 쓸모없어져 버린 물음들이 나의 새벽을 채우는 날이 잦았다.

첫

그해 맞이한 첫눈을, 겨울을 잊지 못한다. 우리는 심야 영화를 보고 나와 번잡한 도로를 금방이고 지나서 가로등 불빛이 담을 쨍하게 밝히는 골목길로 들어섰다. 그 골목길에 들어선 순간 '영화 같다'라는 표현이 무색할 만큼 아름답게도 검은 하늘에는 순백한 눈이 뿌려지고 있었다.

"자기야 봐봐 첫눈이야."

그 친구는 어린애가 된 것처럼 눈을 바라보며 함박웃음을 지었다. 나는 그 애를 보며 장난이 섞인 어투로 말했다.

"첫눈은 이미 올해 2월에 보았는걸."
"치, 말고… 올해 겨울 처음 내리는 눈 말이야."

그 애는 아랫입술을 올리며 시무룩한 표정을 지었지만 언제 그랬냐는 듯, 금세 표정을 풀고 눈을 잡으려는 몸짓으로 손을 뻗어 나를 앞질러 달려갔다.

그 애는 올해 겨울의 첫을 이야기했지만, 나는 그것과는 다른 의미의 첫을 속으로 생각했다. 당신과 함께 처음으로

맞이하는 의미의 첫. 우리가 비록 서로의 삶에서 무수한 첫
을 맞이해왔지만, 모든 첫 들이 지금 이 순간의 첫을 위해서

존재하는 듯한 의미의 첫이었다.

　'맞아 첫눈이야. 이처럼 너랑은 처음 함께 맞이하는 눈이
니까.' 이렇게, 속으로 생각했다. 그리곤 그 애가 달리다 혹
여 돌부리에 걸려 넘어질 수도 있겠거니 생각이 들어서 쫄
래쫄래 쫓아갔다. 키가 작은 그 애의 달리기는 금세라도 따
라잡을 수 있었지만, 앞질러 달리기는 싫었다. 혹시라도 눈
을 반기는 그 애의 앞에서 눈발을 막아설까 봐. 총총총 달리
다가 금세라도 넘어질 것만 같이 위태로운 걸음을 잡아주고
만 싶어서.

　겨울에 눈이 오는 것만을 기다리던 그 애에게는 불행하
게도 눈이 오는 순간은 짧기만 했다. 행복한 순간은 늘 짧게
만 다가오기 때문이다. 그것은 마치 우리의 만남과도 같았
다. 긴 시간 서로의 존재를 모르고 지내다 어느 순간 만나게
되어서 짧은 시간 아름다운 것이다.

　이번 해의 눈을 거치고 다음 해의 첫눈을 보지 못하는 몇
계절의 사랑. 생에 당신이 나타나기만을 기다리던 나에게는
불행하게도, 당신이 내 것이었던 순간은 참으로 짧기도 했
다.

　첫눈을 보고 무척이나 좋아했던 건 그 애였지만. 단지 그

뿐이었다. 나와의 '첫'을 좋아하기보단 그해의 겨울 '첫'을 좋아했을 뿐일 것이다. 그래서 그 애는 뒤따라갔던 나의 존재를 알아주지 못했던 것이다. 그 애에게 나와 첫눈은 단지 그뿐이었다. 다만 눈은 짧게 내리지만, 겨울의 거리는 온통 하얗다. 짧다고 해서 그 순간이 얕은 것은 아니기에.

당신의 눈을 처음 마주한 그 날, 나는 어쩔 수 없는 감정에 빠졌고 당신은 내게 첫이다. 그전에 많은 사랑을 지나왔다고 하더라도 당신은 내게 첫이다. 내 인생에 있어서 많은 사람의 눈을 바라보았지만, 눈이 아닌 마음을 처음으로 마주 봤던 첫이다. 우리가 함께 본 첫눈처럼 말이다.

그날의 영화 속 장면 같은 골목길에서처럼 당신은 나의 삶을 앞질러 떠나갔고 나는 뒤쫓아 가기 바빴다. 그럼에도 당신을 붙잡지 못하는 이유는 당신의 삶을 내가 막아설 것만 같아서. 위태로운 당신의 삶의 뒤편에는 언제나 나를 두겠다. 당신의 밑에서, 그러나 가끔은 당신의 앞에서 따라오는 그림자처럼 말이다. 나의 첫사랑. 참으로 아이 같은 당신. 언제까지고 나의 첫으로 남아줄 그런 사람.

겨울에 눈이 오는 것을 대수롭지 않게 여겼던 내가 눈이 오는 날을 손꼽아 기다리는 당신을 만났다. 몇 해의 겨울은 눈이 오는 것이 겨울의 전부인 것처럼 느껴지겠다. 눈은 짧게 내리지만, 겨울의 거리는 온통 하얀 것처럼, 짧다고 해서 그 순간이 얕은 것은 아니기에.

구름

어릴 적엔 구름에 닿아보고 싶다는 생각을 자주 했다. 퍼런 하늘에 웅얼진 뭉게구름만 보면 버릇처럼 엄마에게 말했다. 엄마 저기 저 구름 있잖아, 폭신폭신해서 내가 들어가면 나를 꼭 안아줄 것만 같아. 엄마 있잖아, 저 구름에 손만 뻗으면 닿을 것 같아. 구름을 만지면 어떤 느낌일까. 차가운 느낌일까? 솜사탕처럼 몽글몽글할까? 그때마다 엄마는 말없이 피식 웃으며 나의 머리를 쓰다듬었다.

시간이 흘러 내가 어른이 되었을 때에는 당연히도 구름에 안길 수 없다는 것과 구름이 내 손에 닿을 수도 없는 것. 또 뚜렷한 형체가 없다는 사실을 깨닫게 되었다. 나도 모르는 사이, 자연스럽게도 착각에서 벗어난 것이다. 구름이 뚜렷한 존재인 줄로만 알았지만 실은 잡히지 않는, 연기처럼 허무한 것이었음을.

나는 이런 착각들을 보곤 당신이라거나 당신과 닮은 어떤 것이라고 생각했다. 언제쯤엔가 나를 떠나간 사랑이라 불리던 존재들 말이다.

구름에 관한 착각과 같이, 그때는 철석같이 믿었지만 시간이 지나면서 자연스럽게 깨닫게 되는 것들이 있다. 지금 생각하면 너무도 당연한 사실들. 하지만 예전엔 나만 모르고 지냈던 것들. 나만 모르고 있던 부정들.

당신은 나를 좋아한다고. 단지 시간이 없어서 여유가 없어서 일이 바빠서 또는 말 못 할 어떠한 사정 때문에, 나를 떠나간 것이라고. 그렇게 주변인들에게 구구절절 설명했던 순간들. 꼭 돌아올 것이라고 굳게 믿었던 나날들. 꼭 어느 순간부터라 말하진 못하겠지만 어느 순간 깨닫게 되었다. 당신이 떠나면서 했던 말들, 전부 잡히지 않는 허구였다는 것. 또 더 이상 내 손이 당신에게 닿을 수 없다는 것. 안길 수도 없다는 것. 어른이 되어 구름에게 했던 착각에 대해 깨달은 것처럼 아주 자연스럽게 깨닫게 되었다. 결국은 나를 좋아하지 않아서 떠나갔다는 사실 말이다. 그렇다고 해서 그것을 깨닫고 난 후에 그 사실에 대해 슬프다거나 놀랍다거나 혹은 허무하거나 했던 것은 아니다. 아주 오랜 시간이 지났기 때문에. 또 그 시간이 있었기에 내가 착각했다는 사실을 깨닫게 되었을지도 모르지.

오랜 시간이 지나서 나도 모르게 허무함이 와닿지 않는 것들. 언제부터 내가 그 사실을 알게 되었는지 기억나지 않는 것들. 당신에 대한 사랑과 미움과 같은 어떤 명확한 감정이 남아있지 않고 그냥 그 사실 그대로 아무렇지 않게 받아들이는 것. 받아들여지는 것. 또는 그런 연습이 필요했던 긴 시간들. 전부 구름과 같이 유하게 흘러가고 또 용서되는 감정들.

내게는 그랬다. 당신과 또 당신과 닮은, 또는 사랑이라 불리던 존재들 말이다. 지금껏 다 그렇게 떠나갔고 나는 그렇게 떠나보냈다. 분명 가시적이지만 그렇다고 만져질 만큼은 아닌 정도의 농도를 띤 감정으로.

오늘의 구름을 보며 당신과 참 닮기도 했다 생각했다.

닿을 수 있을 것만 같다고 생각했던 무수한 날들. 당신의 어떠한 사정이 해결되면 나에게도 기회가 올 것이라는 헛된 망상. 어느샌가 착각하고 살았구나 하고 깨닫게 되었다.

지운다는 것.
어쩌면 당신을
지우려
하다가도

나를
지우게만
되는 그런 것.

물 없이 감기약을 먹는 기분

앞으로 이런 사람은 내 생에 다신 없을 거라 생각이 들었던 사랑하는 사람을, 그러니까 행복했던, 행복했기에 나를 무척이나 괴롭혔던 순간들을 깔끔하게 잊는다는 것이나 지운다는 것에 대해서 뒤에 '~싶다.'를 붙여왔다. 예를 들어 "지우고 싶다.", "잊고 싶다." 정도의 희망을 무던히도 붙여왔던 것이다. 하지만 잊는다는 것을 실제로 맞닥뜨렸을 때에 나는 그것이 무척이나 껄끄러웠다.

어렸을 때 독한 감기에 걸렸던 적이 있는데, 병원에 가서 주사를 맞기 무서운 탓에 엄마한텐 감기에 걸린 사실을 숨겼다. 엄마가 집을 나가고 나면 감기약을 챙겨 먹으려고 한 것이다. 그리곤 엄마가 집에서 나갔을 때, 나는 곧장 약 상자를 살핀 다음 얼핏 감기약이라고 보이는 것을 집어 물과 함께 삼키려고 했지만, 냉장고에 보리물이 하나도 없었다. 엄마는 보리물을 아침마다 끓여놓고 나가셨는데, 그 때문에 아직 식지 않은, 방금 전까지 펄펄 끓어대느라 뜨거운 보리물만이 집에 남아있던 것이었다. 수돗물과 함께 약을 삼킬 수도 없던 탓에, 결국 물 한 방울 없이 감기약을 텁텁한 입에 넣어 삼켰던 껄끄러운 기억이 있다.

물 한 방울 없이 감기약을 삼키는 기분은 그렇다. 그만 아플 수 있는데, 삼키기만 하면 그만인데 목구멍 깊숙하게 걸리는 것이, 독한 감기약 맛이 진하게 나는 것이 어찌나 불편하게만 느껴지던지. 약을 삼키고 누워 잠을 자려고 해도 침을 삼킬 때마다 감기약이 걸려있는 기분이 들었던 탓에 결국 물이 식을 때까지 잠을 자지 못하고 기다렸었다.

오늘과 같이 위태로운 밤, 당신을 잊는 것이 무척이나 그때와 같다고 생각했다. 물 하나 없이 감기약을 통째로 삼켜버린 기분. 그만 아플 수 있는데 이제는 편하게 지낼 수 있는데, 어딘가 한구석이 껄끄럽고 당신의 향기가 진하게 우러나오는 것. 마지막으로 당신을 잊지 말아 달라는 신호가 내 안에서부터 오는 것. 목구멍에서부터 깊숙하게 너의 이름이 얹혀있는 그런 느낌.

맞아. 소중했던 무언가를 잊는다는 것. 적어도 나에겐 그런 기분이었다.

목구멍에서부터 툭 걸리는 당신의 이름을 억지로 소화시켜야 하는 것.

지운다는 것

지우개는 무언가를 지우기 위하여 점점 자신을 잃어간다. 꾹꾹 눌러 적은 문장일수록 그 자국이 선명하다. 수정테이프로 덮어버린 흔적은 조금만 스쳐 지나가도 다시 그 모습을 드러낸다. 잠깐의 실수로 생긴 상처는 평생을 자국으로 남아 지우지 못하는 경우가 허다하고 한 번 새겨진 문신은 지워지기 위해 몇 배의 시간과 아픔을 필요로 한다. 정말로 지운다는 것이 그렇다. 어떤 때에는 나 자신을 갉아먹기도 하며 어떤 스쳐 지나감 하나만으로도 다 지웠다는 확신이 다시 지우겠다는 다짐으로 전락해버리는 것이다.

지워진 줄로만 알고 지냈던 마음속에는 꾹꾹 눌러 담은 기억이 고스란히 자국으로 남는 것이다. 어쩌면 사람은 알아가는 것보다, 배워가는 것보다 그 사실을 지워가는 것에 더 많은 시간을 쏟는다. 그래서 기억되지 않는 만남은 없다. 찰나의 만남이더라도 영원한 자국으로 남는 만남과, 흐릿해지기 위해서 함께한 시간만큼의 갑절의 시간은 필요한 만남이 있을 뿐이다.

잔인하게도 그렇다. 무언가 지운다는 것. 또 묻어두는 것. 또는 되돌리는 것. 이렇게나 힘들고 애처로운 일이다.

사랑했던 무언가를 지운다는 것. 어쩌면 그때의 나를 통째로 잊어버려야 하는 것일지도 모른다. 그렇게 내 생에 하나의 구멍이 나버리는 것. 너무도 깊어서 다른 삶의 구역보다 진한 검은색을 띠우는 구멍. 그런 구멍들이 하나둘 모여서 긴 밤을 이루면 나는 억지로 눈을 감아야지. 외로움이 몰려오기 전에 눈을 감아야지. 생각했다.

당신을 먼저 사랑할 것

"당신을 잊을 것." "나를 먼저 사랑할 것."

단지 살아남기 위해서 잊지 말아야 할 것들을 기억하고
자 종이에 적은 다음, 목구멍에 쑤셔 넣었습니다. 어거지로
삼킨 것들 때문에 구역질과 되새김질을 반복하다 보니 목구
멍이 죄다 헐어버려 읽는 문장마다 몇 음절씩 끊겨서 발음
됩니다.

"당신을 – ." " – 먼저 사랑할 것."

다짐하고 또 다짐해도 이루어지지 않을 것만 같은 일. 당신을 잊는 일. 그
리고 당신보다 나를 사랑하는 일. 남보다 나를 먼저 사랑하라는 여러 문장이
나에게는 전혀 와닿지 않는 것. 한동안 내 인생 앞에 당신을 두고 나를 내던
져놓았으니 어쩌면 너무도 당연한 것이겠다.

내가 버리지 못한 당신의 마지막

　　당신이 좋아했던 긴 머리를 자르고 당신과 커플로 맞춘 흰색 운동화를 버렸다. 어느 영화나 드라마에서 나오는 것처럼 무척이나 식상하게 당신에 관련된 것을 하나둘 버리기 시작하는 밤이 있었다.

　사람들은 이런 것을 두고 흔히들 정리한다고 표현하더라. 그동안 무척이나 소홀했던 것들을 옆에 두고, 이젠 쓸모없어진 당신들을 버리는 것이다. 그러곤 당신이 마지막으로 선물해준 향수 앞에서 잠시 멍을 때렸다. 당신과 관련된 모든 물건을 정리하는 것만큼 쓸모없는 짓이 있을까? 나에게 가장 필요한 것은 당신인데, 나는 왜 당신을 정리하고 있는 것일까. 당신이 가장 좋아한다는 향수를 나도 가장 좋아하게 되었던 수많은 날들. 그런 날들을 전부 부질없었노라고 억지로 생각하며 향수를 집어 쓰레기통에 처박아두었다.

　내 주위에 당신과 관련된 모든 것을 버리지만, 당신에 대한 마음 하나만큼은 버리지 못할 것만 같은 위태로운 밤이었다. 문신처럼 지워지지 않을 것 같은 당신이라서, 지푸라기라도 잡는 심정으로 온몸을 비누로 닦는 쓸모없는 행위들. 아니, 어쩌면 나는 당신과 관련된 모든 것을 버릴 수 없을 것이다. 나 또한 이미 당신과 관련된 무수한 것들 중 하나임을 깨닫는다.

나에게 있어 당신을 정리한다는 것, 어쩌면 나의 이름을 잊어버리는 것보다 어려운 일이 될 수도 있다는 것. 그럼에도 지금 내가 할 수 있는 유일한 것. 그러기에 더 먹먹해지려고만 하는 것.

당신과 관련된 모든 것을 정리하려다 나는 절대 그럴 수 없다는 불가항력 같은 느낌을 받았다. 나 또한 이미 당신과 관련된 것들 중 하나임을 깨닫고.

별아 나 잘살아

별아 나 잘 살아. 철없이 강의 땡땡이치고 놀러 다닌다고 걱정도 많이 하고 엄청 뭐라 뭐라 했었잖아. 그래서 많이 싸우기도 하고 나는 너에게 왜 이렇게 어른인 척하냐면서 니가 내 엄마냐고 많이도 그랬었지. 그런 나에게 애 같다느니 정신 차려야 한다느니 서로가 자존심 긁어가면서 또 없는 자존심 세워가면서 참 많이도 싸웠지.

별아 그래도 나, 어떻게 학교 졸업해서 당당하게 취업도 했어. 뭐 남들에게 자랑할 정도로 대단한 것은 아니라도 말이야. 운동도 꾸준히 해서 건강도 챙기고 있고, 회사 다니면서 더 발전하기 위해 공부도 게으르지 않아. 네 생각보다 나 그렇게 철없는 애는 아닌가 봐. 근데 있잖아, 그러다가도 내 생각보단 아직도 어리고 철없는 그런 사람이야.

초등학생 때 맨날 철없이 땡깡만 부리던 내가, 받아쓰기 만점 맞아서 엄마한테 나도 철든 어린이라고 자랑하고 싶었던 때가 있거든. 만점 맞은 시험지 꼬깃꼬깃 접어서 집으로 헐레벌떡 뛰어갔는데 집에 하필 엄마가 없는 거야. 그래서 그때 혼자 심술부리고 울고불고 난리 났었거든. 쿵쾅쿵쾅 로봇에 화풀이했었거든. 아마도 그때 나는 공허하다는 단어를 몰랐지만, 마음으로 느끼고 있던 것이었나 봐. 막상 열심히 했는데 내가 이렇게 잘했다고 잘하고 있다고 자랑할 대상이 없는 그런 공허함 말이야.

있지, 왜 이렇게 그때 같은지 모르겠다. 별아, 나 이렇게 잘 살고 있거든 잘하고 있고 잘 버티고 있단 말이야. 남들한테 자랑할 곳은 아니어도 너한테만큼은 자랑할 수 있을 것만 같은 곳에 들어갔어. 근데, 내가 돌아간 곳엔 하필 네가 없어서 나는 공허하다 별아. 자랑하려고 했는데, 엄마가 없던 그때와 같이 말이야. 그냥 공허해서 그래. 나 진짜 잘하고 있어, 잘 살고 있고 정말 잘 말이야. 나처럼 너도 잘했으면 좋겠다.

있잖아, 정말로 네 생각보단 잘 지내. 내 생각보단 잘 지내진 못하지만 별아.

메리 크리스마스

'사랑해. merry chrismas :)' 오랜만에 당신이 보내줬던 크리스마스를 꺼내보았다. 당신, 영 오랫동안 영어를 쓰지 않다 보니까 그냥 소리 나는 대로 적었었나 봐. merry christmas라고 적었어야지.

원래의 카드 색과 다르게 세월과 먼지를 맞아 엷은 미색으로 도색된 이 카드엔 그 사람의 책상 위의 먼지, 그것을 만진 손, 또 그것을 만진 펜 그리고 그 펜에 묻어 나온 잉크만이 빛바래지 않고 여전히 진하게 남아있다.

사랑해라는 단어와 'merry chrismas'라는 문구로 막이 내려지더라. 그땐 앞의 사랑해라는 그 말이 너무도 강렬해서, 단지 그것밖에 보이지 않았겠지만 이제야 찾아내었다. 잘못쓰여진 메리 크리스마스였다는 것을.

그때에 나에겐 t를 잃어버린 크리스마스는 t가 없어도 여전히 메리 크리스마스였다. t의 존재에 대해 몇 줄 안 되는 저 문구는 묵음으로 답하는 것이다. 굳이 없어도 완성되는 존재라고 생각했다.

　카드를 접어 쉽게 보이지 않는 상자에 넣어놓았다. 이렇게 숨겨놔도 내년 겨울이면 다시 찾게 될 작은 카드 한 장일 것이다.

　당신은 지금 이 순간에도 누군가와 사랑을 하고 있겠지. 그래서 t가 없는 'merry chrismas'처럼, 내가 없어도 당신은 메리 크리스마스일 거야. 사랑이란 것이 그렇잖아. 너무도 강렬해서 중요한 무언갈 빠뜨렸어도, 사랑해라는 말밖엔 들리지 않잖아.

　당신, 옆에 있는 그 사람은 나보다 더 따뜻하게 안아주고 있겠지? 그랬으면 좋겠다.

　여전히 사랑해. merry chrismas.

벌써
거기까지
갔구나.

난 아직
여기에
그대로
인데.

가장 괴로운 이별

내가 겪은 이별 중 가장 애처로웠던 이별은 잘못한 것도 없는 내가 미안하다는 말만 계속 내뱉다 끝이 난 이별이었다.

시간이 지나 이런 생각이 들었다. 지렁이도 밟으면 꿈틀한다던데 나는 걔 앞에서 무얼 했나. 아니, 그 문장이 지렁이는 밟으면 고작해야 꿈틀한다는 말처럼 들려서, 그때 그 사람에게 빌었던 용서와 사과 같은 것들을 생각하면 아직까지도 이불킥을 날린다. 끄으으 소리와 함께. 그때 왜 그랬지? 이런 후회보단 내가 걔한테 얼마나 지렁이 같아 보였을까 하고.

나는, 잘못이 없는 걸 알면서도 헤어지자는 말 한마디에 미안하다고, 더 큰 사람이 되어서 네가 만족하는 사람이 되겠다고 비굴하게 꿈틀댔고, 걔는 내가 고작해야 꿈틀댈 사람이란 걸 알고 더 짓밟았다. 넌 고작해야 꿈틀밖에 못할 거야. 이렇게 다 알고 있으면서 위에서 나를 깔보았을 때 내가 얼만큼이나 벌레같이 보였을까.

그야말로 피해자와 가해자가 뒤바뀐 상황이었다. 그래도 한때 서로가 사랑했던 사이라고 믿었지만, 지금 생각하면 나는 걔에게 더 이상 사랑이 아닌 거였다.

사실, 이것이 내가 겪은 이별 중 가장 괴로운 이별이라고 했지만, 웃기게도 이별을 할 당시에는 그 순위를 매길 수 없다. 사랑했고, 헤어진다면 그 누구와 이별을 하더라도 그때 그 이별이 그동안 겪은 이별 중 가장 큰 아픔일 테니까.

또 그래서 가장 괴로운 이별이 걔와의 이별이다. 헤어진 그 순간에도 가장 아팠지만, 시간이 지나 내가 더 성숙해지면, 그래서 더 큰마음을 가진 사람이 되면 더 괴로운 헤어짐으로 증폭되는 기억. 오히려 더 미워지는 사람. 더 잔인해 보이는 상황. 그리고 그런 사람과의 고작 꿈틀거렸던 마무리. 시간이 지날수록 농익어지는 미움과 아픔 그리고 창피함. 지나보니 내게 가장 괴로운 이별은 그런 이별이었다.

시간이 지나서 알게 되었다. 아, 너는 그때 사랑이 아니었구나. 나는 너에게 별거 아닌 사람이었구나.

당신, 보고 싶은 사람으로

한참은 핸드폰 진동이 울리기라도 하면, 혹시 내가 줬던 정이 그리워서 당신이 나를 찾는 것은 아닐까 울리지 않는 핸드폰을 빤히 쳐다보는 일이 많았었어. 당신을 만나기 전에 한껏 꾸민 때가 참 많았던 탓인지, 꾸미고 나갈 때엔 어디선가 당신과 마주칠 것만 같아서 더 신경을 쓰고 나가곤 해.

나 여전하지? 나는 원래 쓸모없는 망상에 자주 빠지는 사람이잖아. 기억나? 있잖아, 오늘 먹은 감기약이 사실은 실질적인 치료에 전혀 도움이 되지 않는 약인데 말이야, 약을 먹었으니 나는 곧 나아질 거라는 생각만으로도 감기가 치료된다는 그런 허구 같은 이야기처럼 말이야. 내가 4월 정도가 되면 실제로 따뜻해지는 것은 아닌데 이때쯤 따뜻해진다고 생각이 드는 탓에 따뜻해졌다고 느끼는 것은 아닐까 라고 말했던 엉뚱한 이야기들. 계절마다 온도가 실제로 변하는 것이 아니라, 생각하는 만큼 따뜻해지고 추위지는 거 아닐까 하고 물어봤던 이야기 있잖아. 그 이야기에 당신은 무척이나 냉정하게 말했었잖아.

"그러기엔 봄이 되면 얼음이 녹는 것이 말이 되지 않아. 또 겨울에 눈이 오는 것도 말이 안 되는 거지. 세상 전부가 계절에 따라 변하는 것은 어떻게 설명할 수 있는데?"

맞아, 당신은 나랑은 다르게 참 냉정한 사람이었지. 나는 단지 그런 상상을 해봤다는 거야. 나도 머리로는 아닐 거라고 알고 있지만, 미련하게도 혹시나 그럴 수도 있다는 상상을 한다는 거야. 이 미련함이 어디 가겠어? 요즘은 미련하게도 당신이 내 마음속에서 사라지는 상상을 하다가 그런 꿈을 꾸기도 해. 사진을 찢어버리면 당신에 대한 기억들이 찢겨버릴 것만 같아서, 그래서 찢어버리기도 했고 핸드폰 번호를 삭제하면 당신에 대한 기억이 삭제될까 하고 삭제도 해봤어.

요즘은 또 매일 이런 상상을 해. 겨울이 가고 봄이 오면 계절에 따라 내 마음도 녹아내릴 거야. 당신이 말했던 것처럼 계절에 따라 눈이 녹고 눈이 오듯. 또 모든 세상이 변하듯, 나의 마음도 계절에 따라 변할 것이라고 말이야. 꼭 그럴 것만 같잖아. 어쩌면 있잖아, 정말 날이 따뜻해지는 만큼 내 마음도 녹아내릴 수 있는 거잖아. 정말 어쩌면, 당신이 얼어붙게 한 내 마음도 봄이 오면 시간과 함께 자연스럽게 녹아내릴 수도 있잖아.

당신, 이번에는 어떻게 생각해? 이번에도 내가 생각한 것이 헛된 망상인 것 같아? 나에게 냉정하게 말해줄 수 있어? 그건 헛된 망상이라고 말이야. 세상이 변하는 것과 내 마음이 변하는 것은 상관관계가 없다고 말이야. 있잖아, 나는 정말이지 내가 틀리기를 바래. 시간이 있다면 얼어붙은 내 마음을 녹이지 말아 줘. 당신, 여전히 내 마음속에 보고 싶은 사람으로.

헛된 망상이었으면 좋겠다. 당신을 잊을 수 있겠다는 이 마음 말이야. 내 마음이 녹아 다시 누군가에게로 흐를 수 있다는 이 마음. 전부 거짓이었으면 좋겠다. 부질없는 희망이었으면 싶다.

정혜정

정으로 시작해서 마지막 또한 정인 너의 이름. 유
독 정의 성을 가진 이름은 마지막이 정으로 끝나더라도 참
어울리더라. 혜정아. 이름에 들어가는 정의 숫자만큼이나
정이 많은 사람. 그립구나.

정이 참 묻어나는 네 미소도, 쉽게 차가워지곤 했던 작은
손도, 모두 그립지 않은 것 하나 없지만 나는 네 이름이 가
장 그립다. 내 교재 빼곡히 적었던 그 이름. 혜정아. 입술이
닳아버리도록 불렀던 그 이름이 점점 내 생활에서 없어지고
있다는 것을 요즘은 느낀다. 그래서 나는 예전처럼 노트에
네 이름을 적어보았다.

혜정혜정혜정…

이름을 적어가다 보면 자연스럽게 완성되는 너의 이름
에 너를 잊겠다고 다짐한 모든 날들이 무색할 만큼 네가 보
고 싶구나. 끝났다고 생각하면 시작되는 네 이름과는 다르
게 우리는 다시 시작할 수 없다는 걸 알지만 그래도 미련하

게 적어보았다.

혜정아. 이제는 불러도 대답 없는 네 이름 앞에 나는 전하지 못한 말이 많구나.

정으로 시작해서 마지막 또한 정밖에 남지 않았던 우리의 사랑이 네 이름과 왜 그렇게 닮았는지. 따뜻한 네 심성에 맞게 나를 대해주었구나. 나는 다 알고 있었다. 알면서도 그렇게 좋았다. 그것이 동정이라고 해도 나는 네 옆을 포기할 수가 없었구나. 너를 가질 수는 없더라도, 네 옆을 지킬 수 있었으니 되었다고 말이다. 나는 단지 그뿐이었다. 잊을 수 없는 이름. 혜정아.

그 이름만큼이나 정이 참 많은 사람.

내가 없이도 행복한 사람이었구나

내가 싫은 것이 아닐 거라 생각했다. 혹시라도 어떤 말 못 할 사정이 있을까 생각하였다. 그 사람은 그렇게도 무른 사람이라, 그 사람은 그렇게도 착한 사람이라. 말하지 못할 사정을 숨기고 있는 것이라 생각하였다. 아니, 그렇게 나를 스스로 설득시켰다. 언제는 술을 진탕 마시고 전봇대와 싸우기도 했다. 저 전봇대가 자꾸만 그 사람이 나를 싫어하는 것이라고 말하곤 위에서 깔보듯 쳐다보는 것 같아서 주먹으로 한 대 쥐어박고 집으로 돌아오는 날이 종종 있었다. 그렇게 나는 마음속으로, 나를 싫어하는 당신을 받아들이는 연습을 한 것이다.

오늘은 우연히도 당신을 마주친 길이다. 어색한 웃음으로 나를 마주하는 당신에게 잘 지내냐는 무척이나 식상한 물음을 보내었는데, 당신은 또 무척이나 당연하게도 잘 지낸다는 답을 하고 우리는 갈라섰다.

집에 가서 곰곰이 생각하였다. 그 사람은 내가 싫은 것이 아니었구나. 단지 내가 없어도 충분히 행복했기 때문에 나를 떠났던 것이구나. 맞아, 그랬었지. 당신은 내가 없이도 충분히도 행복한 사람이었구나. 그것이야말로 참으로 말 못할 사정이었던 것이다.

당신의 잘 지낸다는 그 이야기 하나에 그동안의 모든 이야기가 무너져 내린다. 잘 지내느냐고 물어본 나의 뜯겨진 입술과 그것을 안타깝게 바라보며 웃음 짓는 당신. 뒷모습을 한참이나 바라본 나의 발걸음과 안타깝게도 멈추어 서지 않았던 당신의 발걸음. 앞으로도 잘 지낼 당신과, 또다시 추슬러야 할 것들이 무척이나 많아진 나의 어깨. 누가 들어도 진부하고 뻔한 이야기지만 나만 모르고 있던 이야기. 내가 없어도 충분히 행복한 당신과, 당신 없이는 어느 것도 충분하지 못한 나. 결국은 그런 것이었다.

잘 지내왔던 당신과, 잘 지내고 있는 당신. 또 잘 지낼 것만 같은 당신과 그에 비해 그 어느 순간에도 잘 지내지 못할 것만 같은 나. 모자란 나에 비해. 당신은 나 없이도 충분히 행복한 사람이었구나. 당신은 원래 그런 사람이었구나.

애. 원래
그런 거야.
깊게 박힌
가시는
빼내면 빼내려
할수록

너를 더
아프게 한단다.

버려진 편지

별이가.

'별이가'라고 쓰여진 파란색 편지봉투가 우리 집 대문 앞에 버려져있었다. 그 순간 보낸 사람이 버려진 편지를 보지 못해서 다행이라고 생각했다. 뜯겨있는 편지봉투엔 이곳저곳에서 밟힌 멍 자국이 가득했기 때문이다.

승환에게. 수취인은 승환이란 남자였다.

별에겐 미안하지만, 안의 내용은 무엇이길래 길바닥에 버려져있는지 궁금해서 그것을 집으로 가지고 들어왔다.

[사랑하는 승환에게.

자기야 문자도 받지 않고 전화도 받지 않아서, 집으로 편지를 썼어. 그렇게 무턱대고 차단해버리면 나는 어떻게 하라는 거야. 밥은 잘 먹고 있어? 학교는 잘 나가고 있는 거지? 밖에 추우니까 술 먹고 돌아다니지 말고.

사랑해. 얼굴 보는 것은 바라지도 않아. 그냥 이 편지 꼭 읽었으면 좋겠다. 제발 이 편지 꼭 읽어줘. 버리더라도 꼭 읽고 버려줘. 나는 언제까지 마지막이라고 생각하진 않으니

까 잘 지내라는 말은 하지 않을게. 승환아 언제까지고 사랑해. 사랑할게.]

편지봉투라는 살갗보다, 그 속의 내용이 몇 배는 더 멍투성이였다. 마지막을 미루고 미루느라 사랑하는 사람의 안녕을 빌어주지 못한 채 꽉 잡고 있던 별의 펜 자국에선 피 냄새가 묻어나는 듯했다.

별은 편지가 거리에 버려졌을 거라 믿고 싶을 것이다. 승환이 꺼내보지도 않아, 우편함에서 먼지만 쌓여 가는 편지는 더욱 생각하기도 싫을 테니까. 순간 생각했다. 아, 어떤 사랑은 멍 자국이 나더라도 읽혀졌으면 하는 사랑이 있구나. 버려지는 것이 마지막이길 바라는 그런 사랑도 있음을.

별아, 네 편지 승환이가 읽었다고 말해주고 싶다. 읽히고 우리 집 앞에 버려졌다고. 별아, 다음부턴 버림받는 게 나은, 그런 사랑은 하지 말아. 그래도 이번만큼은 괜찮아. 네 편지 읽혔으니까 그러니까 괜찮아.

이번만큼은 괜찮아. 멍 자국 이곳저곳 나버린 사랑이라도. 차라리 버려지길 바라는 마음이라도. 이번만큼은 괜찮아 별아.

혼자가 되기 싫어서 이별했다

그동안 서로에게 조금은 소홀했던 친구를 만났다. 웬일로 먼저 연락을 하느냐면서 너 무슨 일 있구나 라고 묻는 친구에게 축 처진 웃음을 보이며 말했다. 헤어졌다고. 친구는 놀란 눈을 잔뜩 하고는, 잘 사귀는 것 같더니 어떻게 된 거냐고 물었다. 흥미진진한 영화를 보기 전에 음료를 들이켜는 듯한 분위기로 커피를 쭉 들이켜면서 말이다.

나는 망설임이 없이 말했다. 혼자가 되는 것이 싫어서 이별했다고. 그러자 친구는 이해하지 못했다는 표정으로 되묻더라. 그게 무슨 말이냐고. 생각해보니 나도 좀 어이가 없더라. 지나가는 사람 그 누구를 붙잡고 이야기해도 이해하지 못할 것만 같다. 혼자가 되는 것이 싫어서 이별한다는 말.

내가 친구에게 꺼낸 혼자가 되는 것이 싫어서 이별했다는 말은 사실 그 사람에게 먼저 꺼낸 말이었다. 나의 그만하자는 말에 그 사람은 왜라는 물음을 던졌고, 나는 혼자가 되는 것이 싫다고 했다. 그 사람은 알겠다 했고, 잡는 척이라도 하지 않았다.

혼자가 되기 싫어서 이별했다는 우스운 이야기. 나는 10초 정도 멍을 때리며 생각했다. 얘도 나도 지나가는 저 사람도 모두 나와 같은 이별 한 번쯤은 겪었을 텐데 왜 나 빼고는 이해를 못 할 것만 같을까. 내가 어떤 부분을 놓쳐서 말을 했나. 이런 생각 따위 말이다. 그 순간 친구는 들이켜던 커피를 테이블에 툭 놓으며 잠시의 정적을 깨웠다. 쿵. 사이즈업을 한 커피는 놓는 순간 꽤나 둔탁한 소리를 내었다.

"야, 너 거꾸로 말한 거 같아. 혼자가 되기 싫어서 이별했다가 아니라 이별하기 싫어서 혼자가 되었다. 이 말 아니야? 그러니까… 어차피 이별을 할 것만 같은 관계에서 더는 정붙이기가 무섭다거나 그런 거 있잖아. 네가 생각하는 아픔의 크기를 지닌 이별이 두려워서 차라리 반 포기 상태로 자진해서 혼자가 되었다는…. 아닌가…?"

"아냐 그런 뜻이 아니었어."

친구의 말은 제법 그럴듯했고, 누구에게나 한 번쯤은 있었을 법한 이야기였지만 내가 뱉은 말은 그런 뜻이 아니었다. 나는 양옆으로 고개를 저으며 다시 멍한 초점으로 친구가 한 말에 대해 생각했다.

내가 생각하는 아픔의 크기를 지닌 이별이라. 나는 그 사람과의 관계에서 이별을 생각한 적이 없었다. 단지 사랑을 이어가고만 싶었지. 또, 아픔에 크기가 과연 존재할까. 또, 친구가 마시던 커피도 그 크기만큼 쿵 하고 소리를 내었는데 나의 이별은 별소리가 없었다. 그렇게 지지고 볶고 싸우더니 정작 이별할 때엔 별소리도 나지 않았던 이유 말이다. 나의 이별은 계속 브레이크를 밟고 있었나. 나와 당신의 사랑은 크기가 참으로 컸는데 그것이 자꾸만, 헤어짐으로 향하고 있던 것이다. 나는 당신과의 헤어짐이 싫어서 계속 브레이크를 밟은 것이었고, 그 과정에서 삐거덕삐거덕 참 많이도 속앓이를 했다. 결국, 우리는 헤어짐으로 향하는 속도가 점점 줄어들며 아주 살짝 '콩' 정도의 소리로 이별에 부딪힌 것이다. 별소리 없이 단 몇 개의 문자로 끝나버린 이별 말이다.

이 쏟아지는 생각의 흐름을 친구에게도 말했다. 친구가 꺼낸 이별의 크기라는 말에서부터 커피를 거쳐서, 소리에 대해 생각했고 결국은 브레이크까지 생각했다고. 그러자 또 친구가 마시고 있던 커피를 테이블에 툭 하고 놓았다. 쿵. 반쯤 사라진 커피의 양만큼이나 좀 전과는 다르게 옅은 소리를 내었다.

"더 이상은"

"응?"

"더 이상이라는 단어가 빠져있었네. 더 이상은 혼자가 되기 싫어서 이별했다. 이제는 이라던가 더 이상 이라던가 그런 누적되었다는 것을 의미하는 단어들. 네가 브레이크 이야기할 때 알게 됐어. 어떤 관계에도 가속도가 붙을 수 있다는 거 말이야. 계속해서 브레이크를 밟았지만 결국은 헤어짐으로 향하게 되는 관계의 가속도. 그러니까… 가속도…. 이것도 아닌가?"

더 이상은 혼자가 되기 싫어서 이별했다. 맞다. 이제서야 떠올랐다. 더 이상 이라는 단어. 관계에 가속도가 붙었다. 헤어짐으로 향하는 우리의 관계에 가속도가 붙어버려서 더 이상은 버틸 수가 없어서. 더 이상은 혼자가 되는 기분이 싫어서. 그래서 결국 콩 하고 부딪쳐 버렸다.

나는 당신에게 표현하지 못한 말. 그래도 이해했었어? 혼자가 되기 싫어서 이별을 했다는 이 황당한 이야기 말이야. 내가 던진 말에서 빠진 '더 이상은'의 의미를 당신은 이미 알고 있었을까 해서 그래. 가장 중요한 단어를 빼먹고 전달한 말을 이해해 줄만큼 당신도, 내가 지쳤다는 것을 알고 있었을까. 어쩜 우리 사이는 그런 말이 필요 없을 정도로 헤어짐을 이해하고 있었을까. 당신, 그때 어떤 마음이었는지 물어보고 싶다. 잡을 용기가 없었어? 아니면 당신도 예전처럼 사랑하지 못할 것만 같은 마음에 가속도가 붙어버린 거였어? 그래서 매번 나를 혼자가 되도록 몰아가서 헤어지고 싶은 거였어? 시간을 돌려서라도 물어보고 싶다. 어떻게 당신이 내 말을 이해했던 것인지 말이야.

더 이상은 혼자가 되기 싫어서 이별했어.

당신에게로 살짝 기울어 있습니다

　　우리 집 앞에는 비가 오면 늘 같은 곳에 물웅덩이가 생기곤 합니다. 그래서 평소엔 생각 없이 지나다니던 곳이 비가 오면 피해 다니는 곳으로 변하곤 합니다. 그런 곳들, 주변 바닥보다 경사가 기울어져서 살짝 파인 곳이겠지요.

　　추적추적 비가 오는 날. 집 밖으로 담배 한 대를 피우러 나가면서 그런 곳들을 지긋이 바라봅니다. 어쩌면 우리 마음에도 이런 곳이 한 군데쯤 있지 않을까 생각이 듭니다. 꼭 그랬습니다. 비가 오는 날이면, 물웅덩이가 생겨 피하고 싶은 그런 곳이 마음 어딘가에도 툭 하고 생겨버립니다. 아니지. 우리 맘에도 늘 기울어져 있었지만, 비가 오면 그렇게 티가 나는 구석이 있습니다. 평소에는 아무렇지 않게 살다가도 가끔씩 비가 오면 말이죠. 아주 살짝 기울었나 봅니다. 마음속에 기운 곳이 어딘가 있나 봅니다. 나의 평평한 줄 알았던 삶도 결국 당신으로 인해 살짝 기울었나 봅니다.

비가 와서 마음속에 슬픔이 내리면 누군가 자리했던 맘 한구석엔 슬픔의 웅덩이가 생겨버립니다. 마음에 오랫동안 눌러앉은 어떤 사람으로 인한 자국 같은 것들이 말이죠. 이젠 너무 깊지 않아서 잘 모르고 살 수 있는, 그러나 예전에는 꽤 깊어서 넘어지기도 했던 잠기기도 했던. 지금은 그런 기울어진 곳으로 약간의 슬픔만이 모여 있습니다. 얕지만 제법 탁한, 흙탕물처럼 짙은 농도의 슬픈 웅덩이가 얕게 생겨버립니다.

요즘은 제법 비가 자주 내리는 장마철이 되었습니다. 다른 계절보다도 여름이 슬픈 계절인 이유가 이것일지도 모르겠습니다. 가끔씩 보고 싶지만 자주 피하고 싶습니다. 내 삶은 아직도 당신에게로 살짝 기울어 있습니다.

예전엔 비가 오면 "아 당신이 생각나겠구나." 싶다가도, 이젠 당신 생각이 나면 "아, 이제 곧 비가 오겠구나." 싶습니다.

3.

상처받느라
참 애썼다.

그것으로
되었다.

떠보는
관심에
내 마음
맡기기엔
너무
상처 받았고,

진심 없는
마음까지
수용하기엔
마음에
여유가 없다.

거품이 가득한 관계

우리의 관계는 거품이 많았다. 때론 폭신폭신하게 느껴졌고, 부드럽게 다가왔지만 잡으려는 순간 잡히지 않았고, 그것을 쥐려고 했던 마음과 마음 사이에는 눈물이 흘러내리고 있었다. 허무함이 몰려오는 관계.

거품은 주로 부정적인 뜻으로 쓰인다. 가격에 거품이 많이 들어갔다는 말이나 거품을 물고 기절한다는 말이나. 잡히지 않거나 쉽게 사그라드는 모든 것들은 대부분 부정적 의미로 비친다. 연기가 그러하며 한숨이 그러하다.

그것이 무척이나 잡히지 않는다 하여도 연기나 한숨에는 그만의 농도가 존재한다. 옅거나 혹은 짙거나 하는 단어들로 말이다. 이처럼 거품에도 농도가 존재한다. 옅은 거품이나 진한 거품이라는 단어는 잘 쓰이진 않지만, 거품에도 쉽게 끊어지는 거품이 있으며 쫀득하니 치즈처럼 늘어나 쉽게 끊어지지 않는 거품이 있다. 어느 날은 맥주잔에 맥주를 따르는데 거품이 잔을 가득 채웠다. 우리의 관계처럼 거품이 그득한 것이었다.

아버지는 나에게 많은 것을 가르쳐주는 사람이었다. 성인이 되어 처음으로 술을 배우는 날이 있었다. 아버지는 처음 접하는 술로 소주를 마시기엔 너무 독하다며 맥주를 건네었다. 뒤이어 맥주를 따르는 나에게 말씀하셨다. 어른한텐 언제나 두 손으로 따르는 것이라고. 그리고 아버지가 따라주는 맥주를 받을 때도 말씀을 하셨다. 받을 때도, 두 손으로. 또 기울여서 받아야 거품이 적게 나는 것이라고. 또 따라줄 때에는 급하게 말고 천천히. 그래야 맥주의 거품이 적당히 잡혀서 부드럽게 넘어간다고 했다.

아버지는 말씀하신 부분들의 극명한 차이를 보여주기 위해 한 잔은 기울이지 않은 채로 급하게 쏟아부으셨고, 나머지 잔은 적당히 기울여서 천천히 따르셨다. 오래된 기억이지만 선명하게 기억이 난다. 두 잔의 차이점 말이다. 거품이 가득해서 넘쳐흐르는 첫번째 잔, 그리고 거품이 적당히 들어가 부드럽게 넘어가는 두번째 잔.

맞다. 우리 관계는 그날, 첫 번째 맥주잔처럼 거품이 가득하다고 생각했다. 아버지의 말을 되새겨본다. 거품이 적게 나기 위해선 잔을 기울여야 하고 천천히 따라야 한다고. 우리는 서로에게 어땠을까 생각을 했다. 마음을 기울이지도 못했으며 너무 급하게 쏟아버린 것 아닌가 하고 말이다. 꼭 숨이 찰 듯 넘쳐흐르는 것이 우리가 머물렀던 테이블에는 언제나 젖은 냅킨이 한가득이었다.

어제는 이제 그만할 때도 되지 않았냐는 친구의 말에 이렇게 답했다. 하필 그 거품의 농도가 웬만큼 진한 탓에 쉽게 끊어내지도 못한다고. 어쩌면 정이 너무 들어버린 것 같다고.

테이블 위, 맥주잔 안에는 거품의 방울들이 하나둘씩 터져나간다. 거품이 다 없어질 때쯤엔 탄산이 죄다 빠져나가서 밋밋한 맛의 탁한 맥주만이 가득하였다. 그것은 아무리 마신다 하여도 취하지 못할 것만 같았다. 우리는 이 거품 없이는 아무것도 될 수 없는 관계인가 싶었다. 정말 답답한 것은 누구의 탓을 할 수가 없었다. 따라주는 이도 받는 이도 잘못된 습관으로 나온 거품이 가득한 관계임을 서로가 알고 있었기 때문이다.

누구의 탓을 할 수 없다는 사실이 나를 가장 괴롭게 했다. 인정해야 했고, 또 받아들여야 했다. 우리는 서로가 서로에게 잘못된 존재라는 것을 부정할 수 없었고, 거품이 가득한 관계라는 것은 어찌할 수가 없었다. 그 거품을 걷어내기라도 한다면 우리의 관계는 바닥을 보일 것만 같아서. 그래서 다 알고 있으면서도 차츰차츰 김빠진 사랑으로 향해야만 했다. 맥없이 이어가야만 했다.

돌아서세요

　　단순하게 서운한 점이 많아서 끝나는 관계는 어디에도 없습니다. 다만 그 많은 서운함이 쌓여서 체증을 느끼기 때문에 힘든 것이고 그 힘듦마저 쌓이다 보니 관계가 무너지는 것이지요. 서운한 것을 말하기라도 한다면 그 관계가 끝날까 봐, 혹은 서운한 것을 말하면 그 사람이 나를 싫어하게 될까 봐. 결국은 파동 하나 없이 잠잠한 관계가 요동치게 될까 봐 숨겼던 것들이, 안에서부터 썩어나도록 몰고 가는 겁니다. 흐르지 않는 물이 썩는 것처럼 말이죠.

　서운한 것이 한두 가지가 아님에도 말하지 못하는 그런 자신에게서 돌아서세요. 자신에게 돌아설 용기가 나지 않는다면 그 관계에서 돌아서세요. 그 관계에서조차 돌아서지 못할 것 같다면, 조금의 움직임만으로도 출렁이며 넘칠 것만 같은 꽉 찬 욕심에게서 돌아서세요. 욕심에서까지 돌아설 수 없다면 한 가지입니다.

　서운함을 주지 않는 완벽한 사람은 찾을 수 없습니다. 다만, 내 서운함을 들어줄 수 있을만한 사람은 찾을 수 있다는 것이지요. 감히 넘쳐흐를 수 있는 용기가 있는 사람을 만나세요. 아니, 욕심으로 요란하게 출렁거리는 관계에도 결코 흘러넘치지 않을 사람을 만나세요. 당신이 느낀 서운함을 받아들일 수 있을만한 그런 믿음직한 사람 말입니다. 관계에 대하여 이토록 넘치는 욕심을 잠잠하게만 두지 않아도 될만한 그런 깊은 그릇을 말입니다.

제아무리 흔들리는 욕심이라도 마음 깊이 안심할 수 있는 그런 사람을 만나세요. 서운한 것을 서슴없이 공유할 수 있는 그런 사람. 또 그래서 서로에게 꽉 찬 것 같은 마음으로 다가갈 수 있는 그런 사람.

그런 사람을 곁에 두고 싶습니다

요즘은 겉을 바싹 익힌 계란 프라이보다 톡 건들면 몽글몽글 노른자가 새어 나올 듯 덜 익은 계란 프라이처럼, 철없는 것들이 마음에 듭니다.

눈 오는 퇴근길 아버지가 장난감을 사 오신다는 소식에 장난감을 기대하는 것보다, 저 먼발치 걸어오시는 아버지를 기다리는데 왼손에 서류 가방 대신 선물 가방이 있는 것처럼, 기대하는 하루보다 기다리는 하루를 살고 싶습니다.

언제는 눈을 사로잡는 장미처럼 멋진 사람으로 보이고 싶었지만, 이제는 별것 없고 투박한 들꽃같이, 눈이 가기보단 마음이 가는 사람이고 싶습니다. 입맛을 사로잡는 기름진 음식처럼 확 끌리는 사람보다는 소금기 하나 없어 밍밍한 어머니의 냉이 된장국처럼 나를 속으로부터 생각해주는 사람을 곁에 두고 싶습니다.

그런 것들을, 그런 하루를, 그런 나를, 그런 사람을 곁에 두고 싶습니다.

감자의 싹

아무리 싱그러운 감자라도 싹이 나면 그 새싹과 새싹이 난 주변까지도 전부 잘라내어야 합니다. 싹이 난다는 것은 어느 면에서 분명 좋은 의도의 생명이겠지만 소화시키는 사람의 입장에선 감자의 싹 주변에는 받아들이기 힘든 독성이 있기 때문이죠.

삶에는 생각보다 감자의 싹, 그리고 그것이 독이 될 것을 알면서도 억지로 소화시키려는 관계가 많습니다. 나는 그런 의도가 아니었는데. 내 딴에는 말이야 라는 말이 계속 오고 가는 관계 말이죠. 그런 관계가 있다면 다시 한번 깊게 생각해봐야 합니다. 나는 그런 의도가 아니었지만 혹은 그 사람은 그런 의도가 아니었지만 그런 말을, 그런 행동을 소화시키는 사람의 입장에서 그것들은 감자의 싹과 같이 독이 될 수도 있으니 말입니다. 그것이 아무리 싱그럽게 보이는 관계라고 할지라도 말이죠. 그것이 아무리 좋은 의도였다고 해도 말이죠.

개개인마다 소화시킬 수 있는 것이 있고 소화시킬 수 없는 것들이 있습니다. 또 소화시킨다 해도 그것을 받아들여서 영양분으로 삼는 사람이 있는 반면 독으로 삼는 사람도 있는 것이지요.

나는 그런 의도가 아니었는데 라는 생각을 자주 가지거나 그런 말을 상대방에게 자주 꺼내는 것이 본인이라면 의사를 전달하기 전에 그 사람에 대해서 한 번 더 생각해야 합니다. 내가 하는 행동을 받아들이는 당사자가 내 행동을 좋은 의도로 받아들여줄 것인지 아닐지 말이죠. 그것을 소화시킬만한 사람인지 아닌지 말입니다. 무조건적으로 나의 의도를 강요하고 있다면 잘못된 것임을 인정하고 나의 태도를 변화시켜야 합니다.

또 그런 말을 상대에게 자주 접하고 있다면 상대에게 말해주어야 합니다. 나는 이 부분에서는 당신과는 다른 사람이라서, 당신의 의도를 좋게 받아들이기 힘들다고 말이죠. 만약 표현했는데도 전혀 달라질 생각을 않는다면 잘라버리세요. 받아들이는 사람의 체질은 쉽게 변하지 않습니다. 또 내가 변해야만 어울릴 수 있는 상대를 굳이 변해가면서까지 만날 이유가 전혀 없습니다. 주변을 조금만 둘러보세요. 당신에게 칼을 들게 만드는 사람을 만나지 마세요. 관계의 싹을 잘라버리는 것이 아닌 관계의 싹을 틔우고 싶게끔 만드는 사람, 주변에 참 많잖아요.

이제야
알았다.

당신은 잘
알았지만

사랑은
잘 몰랐던
것이었구나.

우리는 받아쓰기를 죄다 틀렸습니다

김선생님. 이 편지를 읽어주실지는 모르겠습니다. 아시겠지만 내일은 조금은 먼 곳인 양산으로 발령이 납니다. 그전에 하지 못한 말이 있습니다. 다만 얼굴을 맞대고 전할 용기가 나지 않아 몇 글자 마음을 남깁니다.

언제는 아이들을 가르치다 문득 생각이 들었습니다. 받아쓰기를 하는데 아이들이 왜 자꾸만 소리 나는 대로 쓰는 것인지 말이죠. 예 그렇죠. 당연히 아직은 배우지 못했기 때문에 소리에 의지해 쓰려고 하는 것이겠지요. 그런데 문득, 저는 소리 나는 대로 써야만 하는 단어가 있구나 라는 것을 깨달았습니다. 또 가끔씩은 꼭 그래야만 한다는 것도요.

며칠이나, 편지를 부치다 할 때 부치다 같은 단어 말입니다. 소리 나는 대로 써야 하는데, 받아쓰기를 하는 대부분의 단어는 그렇게 쓰면 틀리다는 것을 배워버린 탓에 몇일이나 붙이다로 틀리게 쓰는 것처럼 말이죠. 다들 너무 많은 것을 배워버려서, 이미 알아버려서 쉽게도 틀려버린 것이지요.

그렇다고 우리가 아이처럼 순수해지자는 것은 아닙니다.

또 무식하게 모르고 살자는 것도 아닙니다. 아시겠지만 살아가면서 소리 나는 대로 쓰고 읽어버리면 안 되는 것들이 무척이나 많기 때문입니다. 그만큼 우리가 많이 알아야 하는 세상에 살고 있기 때문입니다.

다만 당신과 나는 받아쓰기를 죄다 틀렸습니다. 너무도 많이 겪어버려서 배워버려서 그래서 소리 나는 대로 쓰지도 읽지도 못한 것입니다. 사랑한다는 그 말 말입니다. 그 말만큼은 소리 나는 대로 쓰고 읽었어야 했는데.

우리 다신 보지 못하겠지만, 각자의 삶에서 다신 그렇게 살지 말자는 거예요. 어떤 의미가 되었던 당신의 행복을 바랍니다. 정말 잘 지내세요.

애석합니다. 이미 우리는 너무 많은 것을 배워버렸습니다. 너무 많은 버릇이 있고 너무 많은 두려움을 알고 있습니다. 그래서 틀려버린 것이지요.

포기하는 마음

무언가 주는 사람보단, 무언가 포기해주는 사람과의 사랑이 마음에 와닿는다. 더 사랑한다는 느낌을 받으며, 마음속에 깊이 기억된다. 풍성해서 줄 수 있는 사람보단 풍성하더라도 나를 위해 포기할 수 있는 사람이. 나를 위해 여유를 포기할 줄 아는 사람이. 자신의 시간을 포기하는 사람이. 그 어떤 좋아하는 것도 날 위해서라면 포기할 수 있는 사람이. 그렇다고 정말 포기만 해달라는 것은 아니다. 포기해줄 수 있는 그 마음. 그냥 그 자체가 좋은 것이다.

어쩌면 사랑은 주고받는 것이 아닌, 서로 포기하는 마음일 것이다. 당신이 앞으로 사랑하면서 살아갈 사람이라면, 많은 걸 줄 수 있는 사람 말고 많은 걸 포기할 수 있는 사람을 만나길 바란다. 또 당신이 먼저 그런 사람이 되길 바란다. 사랑을 위해 포기할 수 있는 사랑. 그게 더 사랑에 가까운 사랑일 테니까. 그게 더 기억에 남는 사람일 테니까.

사랑의 의미

연은 복잡하지만, 사랑은 단순하고 직관적인 감정입니다. 맛있는 음식을 먹을 때에 생각난다면 사랑하는 사람이고, 좋은 곳을 보고 함께 가보고 싶다는 생각이 든다면 그것은 사랑일 테지요. 내가 경험한 좋은 것을 함께하고 싶은 마음 말입니다.

사랑과는 조금 다르게 나와 비슷한 것을 좋아하고, 그것으로 이어지는 것. 나와 비슷한 성향을 가지고 있어서 함께하면 즐거운 것. 내가 하는 말에 십중팔구 공감하고 서로가 이해하는 말이 잘 오고 가는 것. 이것은 사람과 사람 사이가 이어져있다는 연입니다.

다만, 우리는 그 단순한 사랑을 복잡한 연에 이어붙이려고 합니다. 사랑하는 사람이라도 나에게 맛있는 음식이 상대방에게는 싫어하는 음식일 수도 있는 것이고 나에겐 정말 좋은 곳이 그 사람에게는 꺼려지는 곳일 수도 있는 것입니다. 또한, 내가 하는 말이 상대방에게는 이해가 되지 않는 생각일 수도 있는 것입니다.

이 음식이 마음에 들지 않아도, 그럼에도 함께라는 것으로 이해하는 것. 이 장소로 여행을 가는 것은 싫지만 그 사람과 함께하는 것이 좋기 때문에 그 장소로 여행을 가는 것. 논리정연한 말보다는 막연하게도 마음으로 이해하게 되는 것. 그럼에도. 이것이 사랑입니다.

그래서 사랑은 어쩌면 맞지 않아 스쳐 지나갈 수도 있었던 관계라고 해도, 마음으로 공유하고 이해하므로 함께가 되는 것입니다.

사실 연은 나와 여러 곳이 맞지 않는다는 생각이 들면 과감히 끊어버려야 합니다. 사랑하는 감정이 없이 단순 이어지기 위해 내가 싫은 것을 포기하고 함께한다는 것은 너무 불편한 일이니까요. 그래서 끼리끼리 논다는 말은 틀린 말이 아닙니다. 비슷한 것을 좋아하는 사람과 자연스럽게 이어지는 것입니다.

그래서 더욱이 우리는 연과 사랑을 구분해야 합니다. 사랑에는 끼리끼리가 없습니다. 사랑만큼은 단순하게 살기 위해서 복잡한 과정을 겪는 우리의 삶과는 다르게 나아가야 합니다. 조금 더 단순하게. 그래서 간절하도록. 복잡하게 따지는 것이 없는 것. 함께라는 마음만으로 연을 넘어설 수 있는 것. 말보다는 마음이 잘 오고 가는 것. 나와 같은 것을 좋아하지 않는다 해도, 다른 성향을 가지고 있다고 하더라도 사랑이라는 끈으로 이어지는 것. 연이 되지 않았을 법한 사람을 그럼에도 끌어들이는 것 말입니다.

　부디 연이 아니라는 핑계로, 맞지 않았다는 핑계로, 당신
의 소중한 사랑을 포기하는 일은 없었으면 합니다.

　적어도 당신에게 사랑은 그런 의미였으면 합니다.

　적어도 우리는 그렇게 사랑했으면 좋겠습니다. 서로 맞지 않는 부분이 있
더라도, 어긋나는 부분이 있더라도 사랑이라는 천으로 덮어둘 수 있는 그런
사랑을 했으면 좋겠습니다.

마음아
부디
아무에게나
기대지 말고,
아무에게나
엎히지
말고.

너무
쉽게
주지 말고
너무
쉽게
받지도 말고.

마음에도 공사중이 필요합니다

공사 중인 곳에 외부인을 함부로 들이면, 공사 중이었던 곳이 와르르 무너질 수도 있고, 동시에 들어온 외부인도 심하게 다칠 수 있습니다.

그래서 공사 중인 곳에는 항상 '위험 공사 중 외부인 출입 금지'라는 푯말이 쓰여 있는 것이지요. 사람의 마음도 같습니다. 공사 중인 마음에 외부인을 함부로 들이게 되면 공사 중이었던 당신의 마음이 무너질 수 있고, 마음에 들어온 누군가도 심하게 상처받을 수 있습니다.

그래서, 우리의 마음에도 공사 중이 필요합니다. 무너진 마음에 함부로 누군가를 들이지 마세요.

들어가지도 말 것이며, 들이지도 마세요. 몸과 같이 마음 또한 크게 다치면 오랜 시간이 흘러도 치료되지 않는 큰 상처로 남으니까요.

나는 원래 그래

　　나는 원래 ~해. 그래서 나는 ~를 못해. 이렇게 나는 ~가 부족해. 라고 당당하게 말하는 사람은 가급적 멀리해야 합니다.

　나는 원래가 성격이 불같아서, 나는 원래가 까탈스러워서, 그래서 나는 잘 참지 못해. 그래서 나는 자주 욱하는 성격이야. 나는 인내심이 부족해서 그래. 이런 말들을 자주 내뱉는 사람 말이죠. 모든 것은 인정하면 참 편합니다. 나는 머리가 나빠서 공부를 못해, 힘이 약해서 잘 들지 못해. 하지만 그 말은 원래 못한다는 말로 포장된 그 분야에 대해서 애초에 관심이 없다는 말에 가깝습니다. 머리 쓰는 것에 그다지 관심이 없었고, 힘쓰는 것에 관심이 없던 것일 뿐이지요. 그것을 잘하기 위해 열심히 노력한 사람의 수고로움은 생각하지도 않고, 내가 관심이 없으면 원래 못하는 것으로 되는 겁니다. 얼마나 편해요.

　나는 원래 성격이 불같아서 화를 잘 낸다는 말. 그것은 원래부터 애초에 너란 사람에게 화를 줄이는 것에는 관심이 없다는 것입니다. 난 원래 이러이러하니 네가 좀 이해를 해 줘야겠다는 일방적인 선언밖에 되지 않습니다. 또 그런 사람들은 당신에게 이렇게 말할 겁니다. 너는 원래 성격이 착한 것 같다고. 너는 원래 순한 사람 같다고 말이죠. 원래 잘 참는 사람 같다고 말이죠. 원래가 잘 참는 사람은 없습니다. 힘들게 참아주는 것이지요.

그런 관계에서 벗어났으면 좋겠습니다. 존중이 없는 관계에서 말입니다. 이해와 인내를 강요받는 그런 일방적인 관계에서 말이죠.

어떤 관계에서든 노력을 배제할 수는 없습니다. 삐걱거림이 있을 것이고 그것을 고치려는 노력이 분명히 있을 것이죠. 그런 점 하나 없이 유하게 흘러가는 관계는 어디에도 없습니다. 다만, 당신의 그런 노력을, 서로의 노력을 알아주는 관계를 이어가길 바랍니다. 서로의 수고로움을 인정하고 감사하게 생각하는 그런 관계 말입니다.

내 마음의 탓

무던히도 아픔을 겪어온 탓일까. 당한 아픔에 대해 남 탓을 하는 것도, 이젠 지겨워졌다. 아픈 건 늘 내 몫이니까, 이젠 내가 잘못되었나 싶다.

예전에는 못된 사람을 사랑하고 그 사람을 탓하기 바빴다. 너 왜 그렇게 나쁜 사람이냐고, 나를 뭐로 생각하냐고, 내 마음 신경 좀 써달라고. 나 좀 봐달라고. 이제는 이런 부질없는 탓들도 지쳤으니까, 집착에 가까운 마음들을 버려두려 한다. 차라리 내 마음을 탓하고 달래기 시작했다.

마음아 너무 쉽게 주지 말고, 너무 쉽게 받지도 말고. 너무 쉽게 기대지 말고, 너무 깊게 무너지지도 말고.

마음아, 적당한 관심에 아파하지도 말고. 너무 깊게 생각하지도 말고, 너무 속상해하지도 말고. 너무 아쉬워하지도 말고. 그러기엔 너와 내가 너무 상처투성이니까. 이제 부디 그러지 좀 말고 살자고. 다 네가 쉬운 잘못이라고. 다 네가 약한 잘못이라고. 마음아.

사랑에 미쳤다

나는 사랑에 미쳤다는 말을 참 많이도 들어왔다. 한참은 나를 포기하면서까지 남을 사랑했던 것이다.

늘 생각했다. 틀어진 관계에 대해서. 누군가의 마음이 식어가는 것을 기점으로 관계는 틀어지는 것이라고. 그래서 사랑을 시작하는 순간부터 늘 불안함의 연속이었다.

내가 어떤 행동을 하면, 이런 나의 행동에 대해 실망하여서 더 이상은 나를 좋아해 주지 않을 것만 같아서. 그러면 나를 금방이라도 떠날 것이기 때문에. 또 만남이 끝나면 늘 아파하는 것은 내가 되어야 했다. 상대가 떠난 것에 대해 미련을 가지는 것도 내가 되어야 했다.

어느 순간은 나의 사랑이 참으로 눈먼 사랑이었구나, 알게 되었다. 나는 참으로 눈먼 사랑을 하고 있었구나 이렇게 생각되었던 때 말이다. 관계가 틀어지는 시점 말이다. 그 시점은 누군가의 마음이 식기 시작하는 때부터라고 생각해왔는데 그것이 아니었다. 관계가 틀어진다는 것은 마음이 식기 시작하는 것보다, 몇 걸음 전에 일어나는 것이었다. 둘이

하는 사랑에 나만 덩그러니 없어져 버리는 것. 나를 포기하면서까지 상대를 사랑하려고 하는 때부터 시작되는 것이었다. 그때마다 나는 주변으로부터 사랑에 미쳤다는 말을 흔히도 들었다. 나를 포기하면서까지 사랑을 얻으려고 발버둥을 친 것이다. 맞다. 틀어진 관계는 애초에 이것으로 발화한다.

사랑은 하는 것이다. 하지만 나는 늘 사랑을 한다는 것보다 사랑을 준다는 표현에 가까웠다. 그러니 늘 내가 준 사랑을 되돌려 받길 원했고, 그 욕심이 상대를 지치게 하는 것이었다.

예전에 내가 미친 사람처럼 사랑했던 사람이 있다. 그 사람이 떠나면서 한 말을 어리석게도 이제야 이해했다. 앞으로는 사랑을 하라는 그 말. 앞으로는 사랑을 하라고 말이다. 아, 왜 그 말을 뒤늦게서야 이해하게 되었는지. 나는 그때 이미 충분한 사랑을 받고 있었구나. 생각하였다.

다음번에는 꼭 사랑했으면 좋겠다. 그러니까, 네가 꼭 사랑했으면 좋겠다. 그래서 다신 버림받는다는 기분 느끼지 않았으면 좋겠다.

슬픈 영화에
조연은
없다.

각자 품은
슬픈 영화의
주인공일
뿐이지.

낭비하며 사랑했구나

어릴 때 엄마에게 물건을 낭비한다고 잔소리를 많이 들었었는데…. 나 아직도 그렇게 낭비하고 사나 봐요. 있잖아요, 공책 같은 것들. 어느샌가 낭비하고 있는 것들. 공책 여기저기에 몇 줄 안 되는 기록을 남기고 다음 페이지로 넘긴 적이 많아요. 그 페이지에 더 이상 다른 무엇을 기록하기엔 애매할 정도로 남은 기록들 때문에. 그때마다 그렇게 버려진 페이지 때문에 낭비한다는 잔소리를 들었던 것이죠.

당신을 생각하며 다했다는 것에 대해 많은 생각을 했어요. 다했다는 것. 다 썼다는 것. 또 낭비한다는 것에 대해서요. 내 마음은 그때 그 공책과 참 많이도 닮았다는 생각 말이에요. 어느샌가 낭비해버린 것은 아닌가 하고. 내 마음에 당신이 기록된 페이지가 너무도 많아서 다른 것을 기록할 수 없는 것. 굳이 당신이 그 페이지 전부를 빼곡히 차지하지 않더라도. 굳이 당신의 자국으로 전부 채우려고 하지 않더라도 나에겐 그 기록 하나만으로 이미 다른 것을 채우지 못하게 되는 것. 그래서 더 이상 쓰지 못하게 되는 것. 다 썼다

라던가 다 했다던가 하는 말들. 마음을 다했다. 마음을 다 썼다. 또는 채워졌다는 말. 그리고 또 채우지 못할 것만 같다는 말. 마음을 채우다 또는 채우지 못한다 이런 말들. 전부 나와 당신을 두고 하는 말인 것 같아.

마음 한 장 한 장 어찌도 당신이 쓰여 있던지. 생각해보면 그렇게 길지도 않고 그렇게 깊지도 않지만 다른 것으로 채울 수 없게끔 애매하게 차지하고 있었지. 뒤돌아보니 참으로 낭비하며 사랑했구나 하는 생각들. 나도 당신도 둘 다 피해자구나 하는 그런 안타까운 마음. 다 그런 거겠죠. 누구 하나 전부 채워서 다 썼다거나 전부 쏟아내서 다 했다거나 그런 관계, 그런 사람 한 명도 없을 거라고 말이죠.

뒤돌아서 생각해보니까 알겠더라. 왜 자꾸 내 생활이 엉망이 되어가는지. 마음이 당신으로 꽉 채워진 듯 공허했는지. 우린, 참으로 낭비하며 사랑했구나.

생각과 마음이

인연이라면 언젠가 만나게 되겠지 라는 생각 안에는 언젠가 만나게 될 인연이 꼭 너였으면 좋겠어라는 애틋한 마음이 담겨있다. 좋은 사람 만났으면 좋겠다는 말 안에는 너에게 좋은 사람은 나 하나이길 바란다는 애절한 마음이 담겨있다. 너만 그런 게 아냐. 생각과 마음이 같은 곳을 바라보는 경우는 드물어.

내가 행복했으면 싶어. 내 옆에서 행복했으면 싶어.

가볍게 사랑하지 말 것

사랑은 떫은 감처럼 일단 먹어보고 퉤 뱉어버리는 것이 아니다. 달면 삼키고 쓰면 뱉는 것이 아니다. 사랑이라는 것은 조금 더 무거우며 사람의 인생을 바꿀 수 있는 기적 같은 일이다. 삶과 삶이 섞이는 일이다. 그러니, 그에 대한 책임 또한 분명히 뒤따른다. 당신과 어떤 사람의 만남으로 인해서 서로의 직업이 바뀔 수도 있는 것이며, 서로의 시간이 다르게 흐를 수도 있는 일이다. 서로의 신념이 달라질 수도 있는 것이며, 삶의 기준이 변할 수도 있는 것이다. 혹여 당신과의 이별 후엔 한 사람의 평탄할 수 있는 삶이 시골길로 바뀔 수 있는 것이며, 삶의 중심이 없어질 수도 있는 것이다. 또 그로 인해 한 사람이 죽음으로 내몰릴 수도 있는 무거운 일이다.

당신이 감을 한 입 베어 문 순간 감에게는 선명한 이빨 자국이 남는 것처럼, 상대의 삶에도 자국이 선명히 남을 것이다. 더 이상 소식이 들리지 않는다고 해서 눈 가리고 아옹할 것이 아니다.

자신의 마음만큼이나 사랑이라 칭하던 상대의 마음도 소중한 것이어야 한다. 그런데 어찌 가벼운 마음으로 물고 뻗을 수 있겠는가. 환승 열차를 타듯, 가볍게 갈아탈 수 있겠는가.

애초에 그런 사람은 사랑을 논할 자격이 없는 사람이다. 즉, 사람됨을 쉽게 논할 수 없는 사람이다.

무조건적인 것은 아니지만, 어떤 사람의 사람됨을 쉽게 판단하기 어렵거든 그 사람이 사랑에 임하는 태도를 보면 된다. 너무 가볍게 사랑하는 사람은 멀리할수록 나에게 이로울 확률이 높다. 단지 필요에 의해 마음을 움직이는 사람이기 때문이다. 충동에 의해 일을 저지르는 사람이기 때문이다.

그런 사람 말고, 무거운 마음으로 사랑을 받아들이는 사람. 사랑이란 이름으로 시작과 마지막에 최선을 다하는 사람. 시작을 신중히 시작하는 사람. 마무리가 진실한 사람. 그런 사람과 두텁게 지내는 것이 좋다.

신중히 사랑할 것.

사랑을 가볍게 하는 사람이 되어선 안 되며, 또 그런 사람을 너무 가깝게 두지도 말 것.

스스로가 사랑에 가벼운 사람이 되어서도 안 되며, 상대에게 가볍게 사랑받지도 말 것.

가볍게 마음을 주고받는 사람에게는, 당신 또한 가벼운

사람일 수 있다는 것을 늘 명심할 것.

　사랑을 가볍게 여기는 사람이 주변에 있다면 적당한 거리를 유지하며 사는 것이 이로울 수 있다는 걸 늘 염두에 두며 살아갈 것.

　사랑은 한 사람의 삶과 한 사람의 삶이 섞이는 일이니, 절대 가볍게 생각하지 말 것.

너무 믿는 것도 병이다

　　나와의 신뢰를 깨뜨린 사람과 단순한 믿음으로 관계를 이어가려고 했다면 다시 생각해보아야 한다. 만약 그랬다면, 다시 돌아가 신뢰를 깨뜨린 상황에 대한 이해와 용서를 해야 할 부분을 정확히 짚고 넘어가야 한다. 그러지 못하겠다면, 아직은 좋더라도 또 아직은 믿어볼 만하더라도 그 사람과는 멀어지는 연습을 해야 할 필요가 있다. 관계의 완만함을 위해서가 아니라, 오직 나를 위해서.

　　신뢰는 유리와 같아서 한 번 깨진다 해도 그것의 조각을 하나하나 다시 맞춰갈 수는 있다. 상대의 말을 믿고, 사람을 다시 한번 믿고, 또 그렇게 용서를 하면서. 그렇게 상대의 잘못을 잊어주며 한 조각 한 조각 다시 관계를 맞춰 나가는 것이다. 하지만 그렇게 이어 붙인 유리는 겉보기에만 멀쩡해 보일 뿐, 그 깨진 유리와 유리 사이에는 아주 미세하고 날카로운 금이 가 있다.

　　신뢰도 이와 같다. 사람과 사람 사이에서 한 번 신뢰가 깨진 사람을 예전 그대로 어루만지다 보면 그 깨진 신뢰 사이의 미세하지만 날카로운 금이 나를 다치게 할 위험이 있다. 비슷한 상황이 다시 생기거나, 또 다른 의심할만한 상황이 만들어지는 것이다.

물론, 그렇다고 해서 상대의 잘못만은 아니다. 정말 다시 잘못을 했건, 하지 않았건 신뢰에 금이 가 있는 부분을 내가 먼저 의심하게 된다. 그때와 비슷한 상황에 놓이게 되면, 저절로 의심하고 그것을 파헤치려고 더듬거리는 것이다. 쉽게 티 나지는 않아, 여기였던가 하면서 어루만지게 된다. 그러면서 나의 마음이 살짝 베인다. 그것이 정말 진실이든 진실이 아니든, 오해이든 오해가 아니든 나는 깨진 신뢰라는 금에 베이게 된다.

신뢰가 깨진 사이에서 예전과 같이 지내려거든, 상황의 완전한 이해를 바탕으로 온전히 용서해야 한다. 다시 완연했던 관계로 돌아가는 것이다. 비슷한 상황이 또다시 일어난다 해도 이전의 경험이 떠올라 고통스러워지지 않을 수 있을 만큼. 깨진 유리에서 금이 보이지 않을 만큼 완연히. 하지만 상황적 이해로 인한 용서가 아닌 '그 사람을 믿는다'는 단순한 마음으로 깨진 신뢰를 붙이려 한다면, 정말 그 사람이 또다시 잘못을 했건, 안 했건 그것과 상관없이 상처는 당신의 몫이 될 것이다.

근거 없이 믿어주었던 당신의 마음은 점차 의심으로 바뀌게 될 것이며, 믿은 만큼의 상처 또한 당신의 몫이 될 것이다. 사람을 이유 없이 믿는 것도 병이다. 신뢰가 깨질법한, 깨진 상황이 온다면 껄끄럽더라도 각자가 놓인 상황의 이해, 그리고 둘 사이에 있는 상황의 이해를 바탕으로 따져가며 해결해나가길 바란다. 무조건적인 믿음이 아니라.

사람에 대한 무조건적인 믿음도 결국 고치기 어려운 병이다. 근거 없는 믿음도 결국 헤어나오기 어려운 중독이다.

한 번 깨져버린 신뢰는 깨진 유리와 같이 날카로워서, 당신을 다치게 할 수 있으니 늘 조심스럽게 생각하고 대처할 것.

공허한
마음이
행복으로
가득 차길

발 디딜
틈 없이
웃음꽃
가득하길.

다 그렇게 살아갑니다

어떤 날에는 꽃이 아름다워 꼭 쥐어보려고 했지만, 그 줄기에는 가시가 있었고요. 어떤 날에는 모래를 쥐어보려 했지만, 손 틈 사이로 흘러내리기 일쑤였습니다. 어떤 날에는 양손 가득히 쥔 물건들 때문에 소중한 사람의 손을 잡지 못하여 준 적이 허다합니다. 그래서 잡아야 할 것과 놓아버려야 할 것들을 배우려고 했습니다. 하지만 또 잡는다는 것은, 놓아버린다는 것은 그것을 배우려고 할수록 나의 마음에 상처를 남깁니다.

양손 가득히 쥔 후회와 미련 때문에 잡지 못한 무수한 인연에게 아쉬움이 큰 탓에 언제든지 놓아버릴 수 있도록 느슨하게 쥐어보려고 했지만, 모래처럼 쉽게도 흘러내리는 것이 인연입니다. 꽉 잡고 있지 않으면 언제든 떠나갈 것들만 무수히도 잡고 있던 탓이겠지요.

어떤 것은 꽉 쥐고 있었더니 허망함만 몰려옵니다. 힘을 주면 줄수록 물먹은 솜의 무게처럼 허황된 것들이 많은 탓이겠지요. 또 그래서 힘을 풀어보니 솜털이 바람에 흩날리듯 쉽게 흩어지는 것들이 대부분이었습니다.

　태어난 순간부터 잼잼놀이를 배웠던 우리는 놓고 잡고를 연습하는 삶을 살아갑니다. 그런 삶이 싫더라도, 언제나 그랬듯, 또 그렇게 살아갈 것입니다. 다 그렇습니다. 우리가 힘든 이유는 단지 잡지 못했다는 사실이, 놓아버리지 못했다는 사실이 아니라 충분히 잡고 있을 수 있는데 놓아버려야만 하는 상황을 억지로 알게 됨으로부터, 또는 놓아버려야지만 편할 수 있는데, 잡아야지만 내가 살 수 있는 상황이 나를 구석으로 몰아붙이기 때문이지요. 이제는 많이 연습해서 다 알고 있는데 그것을 꾸역꾸역 모른 척 이해해야 하기 때문이지요.

　그러니 꽃을 꼭 쥐어잡아 손에 가시가 박힌다 하더라도, 흘러내리는 모래를 꽉 쥐어잡으려는 미련한 짓을 한다고 하더라도 자신을 탓할 필요 없습니다. 다 그렇게 살아갑니다. 알면서도 모른 척 잘못하며 살아가는 것입니다.

　그래서 그 언젠가 쉽게 포기한 것 같은 관계나, 사랑이나, 어떤 일 같은 것들. 전부 내가 되돌릴 수 있을 것만 같은 느낌이 드는 것이지요. 그땐 분명 쉽지 않은 결정이었겠지만 다시 되돌아간다면 포기하지 않았을 것 같이 느껴지는 것. 그것을 후회라고 부르나 봐요. 다 알면서도 놓아버리고. 또 뒤돌아 생각하면 왜 그렇게 쉽게 놓아버렸을까. 지금이라면 잡을 수 있겠다. 이런 막연한 생각이 들곤 하는 것.

좋은 일이 돌아날 것이다

우리의 몸에 상처가 나면, 약을 바르고 건들지 않아야 딱지가 집니다. 또 그 딱지가 자연스럽게 떼어져야 흉이 남지 않는 것이지요. 하지만 그러지 못하고 상처가 난 부위가 자꾸만 가렵다며 긁거나 또, 딱지가 답답하다는 이유로 떼어내려고 하면서 그 부위에 지워지지 않는 자국이 새겨지는 것이지요.

우리의 마음도 같습니다. 마음 한구석에 자리 잡은 어떠한 상처가 가렵다고 해서 긁거나 답답하다고 하여 떼어내려고 하면 상처만 덧나고 결국 흉터로 남는 것이지요. 결국 남는 것은 지워지지 않는 자국뿐인 것이지요. 그러니까 우리는 어쩔 수 없습니다. 늘 그래왔듯이 시간에 맡겨야 합니다. 상처가 난 마음에도 좋은 일이 돌아날 것이다. 분명 좋은 일이 돌아날 것이다. 이렇게 막연하게도 믿으며 살아감의 연속일 것입니다. 뭐 어떻습니까. 분명 좋은 일이 돌아날 것입니다. 늘 그래왔듯 말이죠. 늘 있었던 일인 것처럼 말이죠.

깊은 책아

　　울지 마라 깊은 책아. 너를 읽지 않고 지나간 이에
게 미련 두지 마라. 부디 너를 중간에 덮어버린 것들에 의해
슬퍼 마라. 괜찮다. 너에게 맞는 깊은 사람이 있을 것이니,
더는 울지 마라 깊은 책아.

　　너는 너에게 맞는 깊은 사람을 만날 것이니. 너를 마음으로 이해해 줄 그
런 따뜻한 사람을 만날 것이니.

이상과 현실 사이에서

지구본이 지축을 중심으로 돌아가듯, 모든 사람은 자신을 축으로 세상을 돌린다. 자신의 입장으로 자신의 기준으로 자신의 지식으로. 그러기 때문에 단순히 입장 차이인 모든 일에 서운함을 느끼고 시기가 생기며 싸움이 붙고 서로에게 해를 입히기도 한다. 전부 자신을 위주로 세상을 돌리고 있기 때문에.

어쩌면 상대의 입장을 먼저 고려한다는 것 자체가 이상주의에 치중된 사고가 아닐까 한다. 현실은 늘 그랬다. 당사자들의 축으로 본인들의 세상을 돌리는 것은 당연하고, 많은 이들이 그렇게 살아간다. 그 당연한 것에 서운함을 가진다거나, 시기를 가지거나 질투를 가지면 사실상 내가 손해이다. 미움을 가지거나 속앓이를 하면 그것도 사실 나의 손해이다. 감정적인 손해. 관계적인 손해. 시간적인 손해.

이러한 손해를 줄이기 위해서는. 그러니까, 가치 있는 손해를 보기 위해선 우선적으로 '가치판단'이 이루어져야 한다.

당신이 그런 손해를 보고도 함께 돌아갈 만한 가치가 있는 사람이라면, 무조건 나의 위주로 세상을 돌리지 않아도 된다. 그 사람이 튕겨 나가지 않도록 내 세상의 속도를 조금 줄이며 돌리자. 입맛을 맞춰주면서 손해도 보고. 또 그러면서 양보도 하고 미워도 하고, 붙잡아도 보고.

하지만 당신이 누군가의 세상으로 인해 가치가 없는 손해만 보고 있다면, 정신 차리고 걸러내자.

나의 축으로 세상을 빠르게 돌려버려 그들을 튕겨내면 될 일이다. 내가 어떤 사람들 때문에, 어떤 일 때문에 힘들다면 쉽게 포기도 하고, 내가 싫으면 일절 없이 편하게 보내주자. 그리고 무시하자.

지금까지는 참 힘들게 붙잡으며 살아온 것 같으니까, 어쩌면 이기적일지라도 현실을 생각하자. 이상을 좇지 말고. 모든 것을 붙잡으며 살아가려는 순간, 남이 돌리는 세상을 기준에 맞춰 나와는 맞지 않는 방향으로 돌고 있는 당신이 보일 것이다.

모두가 제각각의 방향으로 세상을 돌리고 있는 상황에서, 나만 손해를 입지 않고 살아간단 바램은 버리자. 가치 있는 손해를 위해서 생각하고 판단하자.

이 각박한 세상에서 이상적인 삶을 보내기 위해선, 당신이 조금은 현실주의자가 되어야 한다. 조금은 더 독하게 냉정해져야 한다. 참 잔인한 세상 아닌가.

무너짐의 이유

살면서 나를 힘들게 했던 것은 단순한 비난 자체보다도 내가 그곳에 대고 왜라는 이유를 붙였기 때문이라 생각했다.

나는 새로운 것보다 옛것을 좋아한다. 그래서 내 방 침대에는 초등학교 때부터 안고 잠을 잤던 토끼 인형 바비가 늘 있었고, 내 방에 있는 작은 보관함에는 학창시절 내내 썼던 필통을 버리지 않고 보관해두었다. 동네 친구들은 늘 그런 나의 모습에서 정이 깊은 아이라며 말하곤 했다. 하지만 되려 새것에는 그만큼 정을 붙이기 힘들었고 물건이든 사람이든 자꾸 오래된 것을 찾게 되었다. 누군가는 그런 나를 보고 정이 없다고 했다. 눈길을 잘 주지 않는 차가운 사람이라고 비난하기도 했다.

나는 동네 친구들에게도 가족들에게도 정이 깊은 아이지만, 또 새로운 직장에서 새로운 학교에서 새로운 어느 곳에서는 그만큼 옛것을 그리워하기 마련이었고 그 깊이만큼이나 정이 없는 사람으로 인식이 되었던 것이다.

그런 이유 때문에 고향을 떠나 세상에 홀로 내던져지면

서 점점 나 자신을 탓하게 되었다. 내가 잘못된 것 아닌가 하는 생각이 들어서. 내가 정말 정이 없는 사람인 것만 같아서 말이다. 그저 나는 비난받는 것에 대한 이유와 해답을 찾아 헤매기 바빴다.

하지만 조금만 더 생각해보면 누구라도 비난을 받더라는 것이다. 많은 사람들의 존경을 받는 성인조차 누군가에겐 비난을 받을 것이고 또, 지금껏 비난받아왔다. 그래서 생각하였다. 왜라는 이유보다도 그 상대가 누군가인지에 초점을 맞추면 조금 더 유하게 흘러가지 않을까 말이다.

누구나 자신을 소개할 때 장점이자 단점이라는 말을 많이 언급한다. 소심한 것은 이야기를 붙이기 어렵다는 단점이 있지만, 그만큼 신중하여 깊은 고민을 하고 이야기를 이어간다는 장점이 있다. 다 알고 있듯 그것은 맞는 말이다. 사람의 성향은 그 어느 것이든 단점이 될 수도 있고 어디에선 장점이 될 수도 있다. 단지 그런 성향 때문에 받는 어떠한 비난에 대해서 깊게 이유를 찾아 나를 바꾸려 할 필요가 없다. 새로운 곳에 또 오래 있다 보면 정이 붙을 것이고 사람들은 결국 그런 나를 알아줄 것이다. 나는 또 그것을 알아주는 사람들에게 정이 있는 사람으로 남으면 된다.

내가 살아가는 이유는 나 자신과 나를 생각해주는 사람들임을 명심하자 생각하였다. 무너진다고 해도 그것들에 의해 무너져야 마땅하다. 고민을 한다 해도 그것들에 의해 해야 하는 것이 맞다. 나는 그들에게 비난받지 않기 위하여, 그들에게 언제나 나라는 사람으로 남기 위하여, 또 나 자신에게 나 자신으로 남기 위하여. 그렇게 노력하면 되는 것이라 생각했다. 또 그렇게 노력해야만 하겠다 다짐했다.

나에게 들려오는 험담과 미움에 무너질 이유가 전혀 없다. 기억하라. 나를 지탱하는 것은 나 자신과 나를 사랑하는 사람들임을. 무너지고 또 무너져도 나 자신에게 무너지고, 나를 사랑해주는 사람을 위해 무너져야 마땅하다.

모든 사랑했던 것들아

상처받느라 참 애썼다 그것으로 되었다

잊고 살았다. 사랑했던 모든 것들은 단지 덮어두
는 것이라는 걸 말이다. 문득 어떤 것이 그리워지는 순간이
있다. 낮잠을 자고 일어나선 하교하는 학생들의 웃음소리만
으로 문득, 사랑했던 학창시절이 그리워 베란다에 먼지 쌓
인 졸업앨범을 꺼내보기도 했다. 무심코 들어간 음식점에서
틀어놓은 노래가 옛 연인의 컬러링이라는 것만으로 그때의
우리가 그리워져 집으로 향해 서랍장에 있는 꺼진 핸드폰을
꺼내보기도 했다.

모든 사랑하는 것들아. 나는 절대 잊지 않았다. 단지 덮
어두었을 뿐이지. 또 오늘부터 나는 사랑했다면 잊을 수 없
다는 것을 믿는다.

그래. 사랑하는 나의 학창시절은 수북한 먼지 아래 덮어
두는 것이지. 또 뜨겁게 사랑했던 우리는 서랍장에 고이 덮
어두는 것이지. 동전 위에 얇은 종이를 얹어놓는 것처럼 잘
보이지 않게 쉽게 나타나지 못하게 가려놓은 것이지. 그리
고 살짝 스치기만 하더라도 그 모습이 뚜렷해지곤 하는 것

이지.

　모든 사랑했던 것들아. 나는 단지 그것뿐이었다. 잠시 잊어버린다고 해도 잃어버리는 것은 아니었음을. 잃어버린다 해도 잊어버린 것은 아니었음을.

　내가 사랑했던 모든 것들아. 나는 단지 그것뿐이었다. 아무리 옅어지더라도 마음만 먹으면 다시 선명해지는 자국이었음을.

모두가 빠르게만 읽고 읽히며 살아왔다. 참으로 애석하게도 말이다. 누구에게나 그렇듯, 나에게도 학창시절이 있었다. 남들과 똑같이 시험을 봐야 했고, 또 높은 점수에 오르기 위해 무던히 노력했던 적이 있었다. 그래서 모든 문항에 있는 활자를 빠르게 읽어야만 하는 것으로 알고 살아왔다. 맨 앞과 맨 뒤를 가장 중요하게 읽어야 하며, 어떤 문항에 나오는 이야기들은 통째로 외워버린 것도 있었다. 이런 일련의 빠르게 읽기를 강요받는 과정은 초등학교 시절을 비롯해 대학교까지 넘어서는 취업에서부터 직장에서까지 스며들어있었다.

나는 생각했다. 그런 습관들이 겹겹이 쌓여서 천천히 읽는 법을 자주도 까먹고 살아왔다고. 마음을 다해 읽는 법을 쉽게도 잊어버리고 살아왔다고. 사실은 읽고 읽힌다는 것, 다른 말로는 어떤 사람의 삶을 곱씹고 어떤 기억을 마주하는 것. 참으로 고된 일이지만, 마음을 다해 읽는 법을 잊어버린 탓에 너무도 쉽게 흘려보내는 것은 아닌가 하고 말이다. 모든 삶을 앞과 뒤로만 보고 판단하는 것은 아닌지. 또 그 핵심만을 찾으려는 것은 아닌지. 서로가 서로에게 너무도 빨리 읽고, 읽힌 것 아닌가 하는 무거운 마음.

그래서 생각했다. 우리는 까먹고 있던 사실. 읽는 것도 읽히는 것도 참으로 고된 일이구나. 마주하는 것. 읽는 것. 쓰는 것. 또 담아두는 것 또는 기억하는 것 따위의 행위들 말이다.

나를 읽어준 사람아. 그러므로 당신과 나, 서로에게 의미가 되었다 생각했다. 서로가 서로에게 읽고 읽히며 고되게도 살았구나. 이 겹겹이 쌓인 장들을 읽으며 어떤 생각을 하였을까. 당신은 내가 기록한 활자를 읽었을까 아니면 나를 읽었을까 또 어쩌면 나에게 읽혔을까.

나를 읽어준 사람아. 어떤 의미이든지 나는 되었다. 다만, 그 힘든 마음을 안고 읽어내느라 참으로 애썼다. 그 고된 눈으로 읽어내느라 참으로 애썼다. 아픈 기억 뭉텅이째 움켜쥐고 넘겨내느라 참으로 애썼다. 또는 남겨지느라 참으로 애썼다. 그렇게 마음을 다해 읽어주었으니 나는 되었다. 언제까지고 말없이 응원하겠다. 평생을 서로가 서로에 대해 모르고 산다고 해도 우리는 서로를 사랑할 날이 앞으로 수두룩할 것만 같다.

살아내느라
사랑하느라
상처받느라

참 애썼다.

그것으로 되었다.

참 애썼다 그것으로 되었다

1판 01쇄 발행 2018년 08월 21일
1판 12쇄 발행 2019년 03월 12일
2판 01쇄 발행 2019년 11월 08일
2판 18쇄 발행 2024년 12월 23일

지은이 | 정영욱
발행인 | 정영욱
기 획 | (주)BOOKRUM
발행처 | 부크럼 출판사

전   화 | 070-5138-9971 (도서기획제작팀)
이메일 | editor@bookrum.co.kr
홈페이지 | www.bookrum.co.kr

ISBN : 979-11-6214-188-5